1.ª edición: marzo 2009

Juan Ignacio Luca de Tena, 15. 28027 Madrid
www.anayainfantilyjuvenil.com
e-mail: anayainfantilyjuvenil@anaya.es

ISBN: 978-84-667-8442-9
Depósito legal: M. 1757/2009
Impreso en Anzos, S. L.
Polígono Industrial Cordel de la Carrera
Fuenlabrada (Madrid)
Impreso en España - Printed in Spain

Las normas ortográficas seguidas en este libro
son las establecidas por la Real Academia Española
en su última edición de la *Ortografía,* del año 1999.

ESPACIO

ABIERTO

ESPACIO ABIERTO

Diseño y cubierta de
Manuel Estrada

ESPACIO ABIERTO

Germán Díez Barrio

Saque de esquina

ANAYA

A las ciudades de Melilla y Málaga,
transparentes, luminosas y hospitalarias.

Lo pasado ha huido,
o que esperas está ausente,
pero el presente es tuyo.

PROVERBIO ÁRABE

1

Las noticias que llegaban a la ciudad imperial marroquí de Fez procedentes de la frontera de Marruecos con Melilla alarmaron a Hamet, un joven soñador, ávido de conocer otras realidades y otro país donde se cumplieran sus deseos de convertirse en un jugador de fútbol de un gran equipo europeo:

Una avalancha humana intenta pasar la valla de la frontera entre Marruecos y Melilla. Fallecen dos personas aplastadas por los propios asaltantes.

«Ahora o nunca —se dijo Hamet—, mañana será tarde y el tiempo correrá en mi contra». En la medina de Fez el Bali, donde se afanaba diariamente, oyó unos comentarios a un grupo de jóvenes que le punzaron en el estómago:

—Están construyendo una doble valla de seis metros que recorrerá la frontera entre Melilla y nuestro país. Nadie podrá pasar a España.

«Es el momento de decidirme —se convenció mientras se dirigía a su casa, situada en la parte vieja de la ciudad, no lejos del barrio de los curtidores—. No puedo esperar más o estaré condenado a no conocer la tierra soñada. Quiero dejar atrás la vida de miseria y privaciones que me envuelve. El edén no está tan lejos».

El fútbol, según había experimentado el joven, proporciona una inmensa alegría a los que viven en difíciles condiciones, es un juego y una quimera. El deporte rey llena de ilusiones el rectángulo donde compiten sin desmayo tras el bote incierto del balón veintidós jugadores, a veces descalzos, como le había tocado a Hamet. Para muchos es la felicidad concentrada en cada metro del campo.

En la frontera hispanomarroquí se había extremado la vigilancia, especialmente desde el espectacular aumento de inmigrantes deseosos de respirar el opulento aire europeo.

El empujón definitivo se lo dio al magrebí un titular del periódico francés *Le Monde* que leyó en una tienda: «30.000 subsaharianos esperan pasar a la Ciudad Autónoma de Melilla».

Hamet, que el último año había trabajado ocasionalmente de guía turístico enseñando la medina a los extranjeros que lo solicitaban, miró por última vez las cubetas donde los curtidores transformaban las pieles de animales en productos de marroquinería y se dejó llevar por los sentidos, empapándose del olor y de los colores. Después, caminó hacia su casa, un lóbrego y reducido espacio donde vivía malamente con sus padres y sus tres hermanos. La oscuridad de la entrada era un anticipo de la necesidad que allí se respiraba.

—Parece que hoy has regresado pronto, Hamet —le saludó su madre—. ¿No había extranjeros?

—Marcho a España.

—¿Ahora? —se extrañó Fatma por la urgencia. En más de una ocasión le había oído hablar de su deseo de ir a España buscando un futuro próspero, pero no pensó que la partida fuera tan inminente.

Igual que Hamet, muchos jóvenes marroquíes suspiraban por irse del país, dispuestos a dejarse envolver por el progreso. Envidiaban la argucia de un grupo de muchachos de Oujda que después de fundar un club de rugbi y enviaron muchos faxes para que les invitaran a jugar algún partido en Europa. Un club francés les invitó. Los engañosos deportistas consiguieron un visado para Europa y desde entonces no se les había vuelto a ver el pelo.

—Ahora mismo —respondió el hijo—. Cada vez vigilan más la frontera. Me he enterado de que el Gobierno de España va a reforzar las vallas de Ceuta y Melilla con una barrera metálica de seguridad.

—¿Crees que debes arriesgarte? Déjalo para tiempos mejores —pretendió disuadirle la madre—. Aquí tienes casa y comida...

—Y miseria, mucha miseria —la interrumpió Hamet—. Nunca saldremos de esta escasez.

—Hijo, tenemos lo que nos hace falta para vivir, lo necesario.

—No se engañe, madre, no tenemos nada. Yo deseo disponer de otras oportunidades, no quiero morirme entre estas cuatro paredes oscuras.

—Pero Fez es una ciudad grande, moderna, con posibilidades...

—Con escasas posibilidades —recalcó él la frase—. Para progresar hay que ir al extranjero. ¿Cuántos hijos de obreros han progresado aquí? Ninguno —se respondió Hamet—, ninguno puede estudiar, solo los hijos de los ricos. ¿Acaso me va a decir que mis hermanos serán unos afortunados y estudiarán?

—Si te vas, no te veremos más —dijo con inmensa pena Fatma.

Cruzaron las miradas. Hamet pretendió tranquilizarla:

—Madre, no voy a arriesgar mi vida pasando a España en patera o en cayuco; además, usted sabe que no tengo dinero para pagar un billete de barco, piden grandes sumas de dinero.

—¿Cómo pasarás?

—Cuando llegue a la frontera, lo pensaré. De momento, tengo muchos kilómetros por delante.

—Es muy arriesgado lo que vas a hacer, hijo.

—Daré todos los pasos con firmeza. Usted siempre dice que soy calculador.

—¿Y si te cogen y te devuelven aquí?

Hamet tenía pensada la respuesta:

—Volveré con la frente muy alta, orgulloso de haberlo intentado. Pero ahora no pienso en eso. Voy a probar fortuna, madre. Quiero conocer otra vida distinta de la existencia desventurada que llevamos aquí. Aspiro a tener lo que otros jóvenes extranjeros tienen: un teléfono móvil, ropa moderna, un coche...

—¡Pero, hijo, quién te ha metido esas cosas en la cabeza! Siempre se nos ha enseñado que el hombre no puede saltar fuera de su sombra.

—Deseo ganar mucho dinero, vestir bien...

—La ropa —repuso la madre— es solo un signo externo, Hamet, lo que importa es el corazón.

—Lo sé.

—Hijo mío, el dinero no da la felicidad.

—¿Y su falta sí, madre? No quiero pasar mi juventud sin tener aspiraciones.

Cuando Hamet acabó de pronunciar la última frase, la madre ya estaba preparando un fardel con un poco de comida: tortas de pan, un trozo de queso, dátiles e higos secos.

Después, le dio un abrazo maternal y le aconsejó:

—No te metas en líos. Si tienes que regresar, para nosotros no será una deshonra. Despídete de tu padre, estará trabajando en la curtiduría. ¿Llevas las señas de tus tíos?

—Aquí las llevo —y se señaló el bolso derecho del pantalón.

Hamet se marchó de casa de repente, para aliviar el dolor de su madre.

Para sus tres hermanos, más pequeños que Hamet, su marcha no sería dramática; al contrario, les abriría una puerta a la sorpresa y a la imaginación. Pensarían que Hamet podría conocer otros lugares y otras gentes, sin importarles los sinsabores y penalidades que pudiera sufrir. Volvería cargado de noticias, regalos y fantasía.

En el rostro de Hamet se adivinaba la despedida y así lo entendió su padre sin necesidad de mirar el fardel:

—Que Alá te proteja, hijo.

Luego le abrazó y le dio su bendición.

Por la mente del joven no pasaba la realidad: muchos de los inmigrantes que intentaban el viaje al paraíso en una embarcación jamás llegaban a su destino. En múltiples ocasiones desaparecían para siempre tragados por el mar. La gendarmería contaba cadáveres a cientos, unos devueltos por las olas y otros fallecidos por inanición en el desierto, abandonados por los mafiosos sin escrúpulos. Como el guía de Fez no disponía del dinero suficiente para alimentar a esos buitres carroñeros, no miró en dirección a la costa, sino tierra adentro.

A pesar de no ser viernes acudió a la mezquita para rezar y recitar la profesión de fe en Alá. Allí pidió por los suyos. Hamet mantenía el espíritu religioso de la familia y como buen musulmán rezaba cinco veces al día las oraciones a Alá, haciendo sus inclinaciones en dirección a la Meca.

Apenas salió del centro religioso, por un momento pasaron por su cabeza las imágenes más sobresalientes de Fez, una ciudad mágica que tenía encantados a todos los visitantes y que él tantas veces les había mostrado: la mezquita de Qaraouiyine, un inmenso recinto con cabida para veinte mil fieles; la Medersa de Bou Inania, un colegio para estudiantes del islam que presentaba escayolas esculpidas y maderas nobles en su interior; la mezquita de los Andaluces, caracterizada por su minarete verde y blanco, que invitaba al recogimiento y a la oración; las puertas doradas del palacio real, que eran únicas y transportaban a otro mundo; el impresionante mausoleo de Muley Idris II, espacio sagrado en el corazón de la medina de Fez. En el barrio de los curtidores se le representaron las pieles puestas a secar, colgadas de las paredes, y las numerosas pilas de ladrillo de diversos colores que servían para remojar, lavar y frotar las pieles.

El recuerdo le sonó al muchacho a despedida definitiva.

A Hamet, por la mañana, le gustaba perderse por las laberínticas calles del zoco, estrechas y sinuosas, y se dejaba llevar por el instinto y el olfato, mezclando los múltiples aromas y olores que cubrían esa ciudad de las grandes sensaciones, a la par que foco imperial, intelectual y artesano. Sin embargo, sentía mayor goce al recorrer su ciudad al crepúsculo, cuando el sol cubría de ocre y de rojo las cascadas de los tejados y de las cúpulas.

2

Como Hamet no había reunido los dírhams necesarios para que las mafias organizadas y carroñeras le facilitaran el traslado a España en patera o en cayuco, tuvo que hacerlo por su cuenta, llevando en el bolsillo los billetes que había ahorrado trabajando de guía; el resto de lo logrado se lo había dado a su madre para alimentar a la familia.

El trayecto de Fez a Taza lo hizo en autocar, confundido entre los muchos pasajeros que abarrotaban el vehículo, una tartana de pintura indefinida e innumerables abollones que rugía más que un lobo en celo.

Entre las personas y los enormes bultos negros que les acompañaban no quedaba espacio para respirar. No obstante, Hamet, acostumbrado a estas aglomeraciones cuando montaba en autobús o en un taxi colectivo, no dio importancia a la incomodidad. El coche se detuvo de improviso en mitad de la carretera sin que ningún pasajero se extrañara. Bajó el conductor, echó dos garrafas de gasoil en el depósito y prosiguieron camino. El de Fez también consideró normal esta acción, lo mismo que viajar por una carretera donde había más baches que espacios firmes y donde las señales de tráfico se hallaban de vacaciones.

Anochecía cuando llegaron a Taza. A pesar del calor reinante durante el día, a esas horas se notaba un ligero y agradable frescor que invitaba a pasear. Hamet se adentró en la ciudad, perdiéndose por sus calles, mirando los edificios y a las pocas personas que transitaban por las aceras. En una fuente pública bebió agua en abundancia, realizó las abluciones pertinentes y posteriormente rezó la oración de la noche. Se sintió inmensamente relajado.

Una casa medio derruida a las afueras del lugar le sirvió de habitación. Allí se escondió apenas la noche cubrió la ciudad. Había unos cartones y un cobertor viejo, muestra evidente de que alguien había dormido allí. Comió una torta de pan, un poco de queso y unos higos. Pronto le venció el cansancio. La impaciencia y la ansiedad le vinieron a visitar: se hallaba en el centro del campo de un inmenso estadio de fútbol, vestido con pantalón azul y camiseta amarilla, a punto de lanzar una falta directa desde fuera del área. La situación de la barrera de los jugadores del equipo contrario había dejado un hueco por donde Hamet debía colocar el balón. Dio tres pasos atrás para coger carrera e inconscientemente se miró las botas: las tenía rotas y le entraba frío en los pies. Se dio media vuelta en la cama de cartón y sintió el frescor oscuro. En el estado de vigilia se le amontonó todo lo que había dejado atrás: la familia, los amigos, Fez, un cúmulo de todas las sensaciones de la ciudad con sus zocos, su medina y la plaza Neyyarin, donde se reunían los jóvenes en torno a su extraordinaria fuente para conversar y mirar a las chicas, y también Jadiya. ¿Quién era Jadiya? Una joven que le sonreía siempre que se cruzaban sus miradas. Su transparencia le hacía flotar en una nube rellena de algodones.

Al primer rayo del alba salió del escondite. Buscó una fuente donde se lavó las manos, la cara, los brazos y bebió cumplidamente. Realizó las cuatro posturas principales que manda el Corán —de pie, inclinación, prosternación y posición sentada sobre los talones— y recitó la profesión de fe en Alá y otras oraciones. Se sintió purificado y a continuación abrió el fardel de la comida y en su fondo tocó unos papeles: un puñado de dírhams que le había metido su madre. Solo un ser generoso podía desprenderse de ellos a pesar de necesitarlos. Se le cayó una lágrima de cariño y alegría. «Se los devolveré convertidos en monedas de oro —pensó emocionado—, sé que triunfaré jugando al fútbol. ¡Todos me aclamarán como a un héroe nacional!». Mientras comía unos dátiles sentado en un banco de piedra, se despidió del cuscús que tan primorosamente preparaba su madre a base de sémola de trigo con verduras, pollo o cordero, según los días. Le entró sed solo de recordarlo y bebió para mitigar la añoranza.

El milagroso dinero aparecido en el fardel le hizo cambiar de planes. Preguntó por la estación de trenes. Antes de dirigirse a ella, recorrió la parte vieja de la ciudad, donde abundaban los monumentos, maravillas y curiosidades: las murallas, los zocos que empezaban a llenarse de vida, el llamativo minarete de la Gran Mezquita... Hamet se convenció de que cada ciudad tiene su particularidad y su belleza.

Tuvo que esperar dos horas hasta que el tren partió en dirección a Oujda. Se alegró pensando que el viaje sería más rápido y cómodo de lo que él esperaba. Tenía por delante más de doscientos kilómetros, tiempo suficiente para admirar el paisaje, pensar y soñar. Ante sus ávidos ojos fueron apareciendo bosques de alcornoques, enormes cedros, helechos de gran altura; al fondo se veían fuentes, cascadas y lagos, todo un disfrute para el ojo humano. El de Fez desconocía que la naturaleza hubiera sido tan espléndida con algunas tierras de su país.

Los pasajeros charlaban en voz baja y Hamet les miraba de reojo. Era la primera vez que viajaba tan lejos de Fez, solo se acordaba de una ocasión en que tuvo que ir a Khemisset a ver a un familiar. El traqueteo del tren le hizo sumirse en un profundo sueño y el joven soñador cayó rendido.

Al despertarse, un anciano explicaba a sus acompañantes que él había viajado mucho y conocido muchos mundos. «Si ahora fuera joven —insistía—, iría a Europa a probar fortuna y a conocer otras gentes. Al perro que tiene dinero se le llama señor perro, dice el proverbio». A Hamet la indumentaria árabe y la nariz alargada del anciano le recordaron a su padre, que se resistía a abandonar la chilaba, las babuchas y el turbante. Decía que el cambio de ropa por la occidental era solo para los más jóvenes. En efecto, de los viajeros de la misma edad de Hamet que iban en el tren solo uno lucía una chilaba muy ligera; el resto, camisa, pantalón y zapatos o playeras.

Oyó comentarios sobre la emigración y sus consecuencias, algunos muy pesimistas, relacionados con el desconocimiento del idioma y el indigno trato recibido por los que abandonaban su país. No le desanimaron. Él siempre había defendido ante sus amigos que el fútbol, su auténtica pasión y el móvil de su partida, tenía un idioma universal y no entendía de colores.

En Oujda tomó un vaso de té a la menta más por necesidad que por gusto. Debía estirar cada dírham como si fuera goma. No sabía con cuántos contratiempos e imprevistos se iba a encontrar en su recorrido hasta la tierra anhelada y con algo de dinero los solucionaría mejor. Además, había reservado unos billetes para poner tierra por medio, esos eran intocables.

Las gentes de Oujda, la ciudad fronteriza con Argelia, son un ejemplo de amabilidad y así lo comprobó el de Fez cuando preguntó por el bulevar Mohamed V y un anciano lo acompañó. A pesar de no tener mar, sus habitantes llaman «mar de Oujda» a una enorme fuente, habitualmente sin agua, donde los niños juegan al balón mientras sus madres comen pipas y se ríen de la realidad. Hamet imitó a los vecinos del lugar: paseó por el bulevar.

Al caer la tarde, Oujda tenía el encanto de todas las ciudades marroquíes: misterio y aventura. La falta de iluminación lo favorecía. Se cruzó con dos mujeres que le descubrieron el rostro y le sonrieron. Pero no quiso dejarse llevar por la facilidad de unas palabras amistosas y lisonjeras.

—*Salam, salam* —saludaron.

Hamet dio el último paseo por la ciudad y cuando la noche cubrió con su manto calles y plazas, se retiró a descansar a un parque donde había otros jóvenes que le acogieron bien. Se tumbó en un banco y se cubrió con un plástico. Como la temperatura era suave, pudo conciliar el sueño. No obstante, se despertó varias veces a lo largo de la noche obsesionado con que le podían robar lo que tan celosamente guardaba.

Apenas se colaron entre los árboles los primeros rayos del sol, el joven, inquieto, se desperezó, cogió lo poco que le quedaba en el fardel y acudió al zoco para empaparse de la vitalidad del nuevo día. Un té a la menta devolvió a su cuerpo la energía repleta del día anterior.

Continuó el viaje a pie, soñando con ver el mar. Pero ahora eligió carreteras y caminos secundarios para no dejarse ver: no quería ser detenido e interrogado por la policía, que podría considerarle sospechoso de lo que no era. Sabía que en cualquier momento los policías marroquíes podían efectuar un control por sorpresa y fijarse en él. Un simple interrogatorio hubiera echado abajo todos sus planes y se habría esfumado el sueño de ser un famoso jugador que corría por la banda izquierda y centraba para que el delantero centro rematara a gol. Ahora, si tuviera que elegir su jugada preferida, sin duda se quedaría con el pase de la muerte: desde la línea de gol, un jugador próximo a la portería da un pase hacia atrás para que un compañero marque un tanto a placer. Había visto esa magistral jugada en la televisión, en el escaparate de una tienda de electrodomésticos, desde la acera, y se había quedado con la imagen bien grabada. Nadie la bordaba mejor que los brasileños. Su rapidez y alegría en el juego les facilitaban su perfección. Él, siempre que podía, les imitaba a su manera. Hubiera dado cuanto poseía por jugar al fútbol en un equipo reconocido. Lo había mantenido en secreto entre sus amigos. También había ocultado a sus padres su verdadero deseo de abandonar Marruecos: ser un futbolista famoso. Lo hubieran considerado como una quimera y le hubieran tachado de insensato.

Para él fue una sorpresa el paisaje cambiante que le saludaba: a pesar de la sequedad del terreno, los campos estaban sembrados de cereales y se veían muchos olivos y cítricos.

La fruta que se encontró por los caminos le sirvió para reponer fuerzas. Comía lo que le cumplía y echaba otro poco al fardel por si se quedaba sin víveres.

Como se encontraba firme y seguro de la decisión que había tomado, saludó contento a un hombre que iba en burro y se detuvo a conversar con él:

—*Salam* —habló el joven.

—*Salam.*

—Si no tiene inconveniente, nos haremos compañía. Voy a Berkane.

—Todavía te quedan kilómetros. Será mejor que descanses un poco.

El hombre le dejó subir al animal.

—Gracias, buen hombre.

—¿De dónde vienes?

—De Fez.

—Es una ciudad acogedora.

—Como casi todas las de nuestro país.

—Dicen que es muy bulliciosa.

—Sí, tiene mucho movimiento.

—¿Tu destino definitivo es Berkane?

—No, voy a Nador —dijo sin pensarlo, tal vez traicionado por la amabilidad del caminante.

—¿No serás tú uno de esos jóvenes que prefieren la vida y el derroche europeos? ¿De esos que abandonan los preceptos religiosos para dejarse llevar por los vicios y la opulencia?

El interrogado optó por esconderse detrás de un proverbio que había aprendido de pequeño: no abras los labios si no estás seguro de que lo que vas a decir es más hermoso que el silencio.

El hombre siguió insistiendo:

—Todos quieren vivir como príncipes y se olvidan de que Alá ha reservado a cada uno su lugar en la tierra.

—No es esa mi intención.

—¿Por qué contrariar la voluntad de Dios? Aunque se críe entre leones, el perro siempre será perro.

Hamet no le dijo la verdad porque no quería que el anciano le tachara de soñador y poco amante de su tierra.

—No, no —mintió Hamet—, voy a ver a un familiar de mi padre que está muy enfermo.

—Que Alá le proteja.

—Es un primo de mi padre por el que siente especial afecto.

—Los familiares debemos ayudarnos y querernos, ese es el deseo del Altísimo.

El anciano insistió en que cada uno debe vivir en su tierra y con los suyos. Aspirar a aquello para lo que no estamos destinados es contrariar a Alá.

Después de un largo monólogo, en el que volvió a criticar el modo de ser de los jóvenes y recalcó los dogmas de fe del credo musulmán, sacó un fardel que tenía en las alforjas del burro y compartieron unas tortas de pan, avellanas y dátiles. A partir de ahí el camino se hizo más llevadero.

3

Ese tercer día de su particular peregrinaje a España, la tierra plagada de sueños y de abundancia, tenía aires de alegría, pues Hamet se imaginaba cercana la frontera, a punto de tocar el mar con los dedos de la mano. Calculó que había recorrido unos cincuenta kilómetros entre Oujda y Berkane, que no era tanto para un guía acostumbrado a recorrer diariamente el laberinto de calles que conforman la medina de Fez. Los campos sembrados de cereales en un junio caluroso agradaban a la vista y ensanchaban el corazón del complacido caminante, que siempre miraba de frente.

La parada en Berkane era obligada, pues tenía hambre y parecía que las tripas reclamaban insistentemente su atención. No se hizo esperar. Hamet contó de nuevo los dírhams de que disponía y pensando que estaba ya cerca de la frontera se tomó un respiro. Entró en un local que parecía un restaurante y pidió su plato preferido, *tajine,* que consistía en carne, legumbres estofadas, uvas pasas y aceitunas. Olía parecido al guiso de su madre y, aunque no llegaba al mismo sabor, el resultado final era aceptable. Volvió a contar mentalmente el dinero y se permitió un placer más: un té a la menta, que sirve para tranquilizar, reanimar, entonar y sienta bien a cualquier hora.

Caminó hasta encontrar un parque. Con el estómago lleno y el sosiego que le producía el té, o que él pensó que le producía, se sentó en un banco. El silencio y la quietud le ayudaron a abrazar el sueño, tocando con las manos el velo que separa la realidad de la fantasía.

Definitivamente, recobró las fuerzas al acordarse de su familia y de la chica llamada Jadiya, que, cuando se cruzaba con ella, siempre le sonreía. Sus inmensos ojos negros le hablaban con la mirada. No sabía más de ella. Pensó que si tardaba tiempo en volver a Fez, tal vez sus padres la casaran con un hombre mayor al que no querría. No quiso recrearse en la imagen de la joven y en su ciudad porque eso suponía dar un paso atrás y él solo veía el futuro. Desterró de su mente ese pensamiento y se perdió por Berkane.

En una plaza vio a dos jóvenes que discutían acaloradamente e intentó mediar entre ellos, ganándose un puñetazo en el pecho. Le había podido la sangre y en lugar de pasar de largo había intervenido para separarlos. Se había olvidado por unos momentos de cuál era su destino definitivo y de que para lograr su sueño no debía participar en ningún incidente ni ser detenido por la policía. Ese ligero contratiempo le abrió los ojos.

Al caer la noche, volvió al parque y, amparado por la vegetación y por la soledad reinante, se dejó atraer por las estrellas, que le condujeron hasta la plaza Neyyarin de Fez. Allí se estaba peleando con otro joven que le había robado la mirada de Jadiya. «No debo ser sorprendido por la policía», se dijo y se perdió por las callejuelas.

Cuando se despertó, se lavó convenientemente en una fuente y rezó la primera plegaria del día, agradecido por ver de nuevo el sol.

Emprendió el viaje a Nador con la ansiedad del que ve cercano el final, a pesar de los largos y duros kilómetros que hay entre las dos ciudades. La precaución le seguía aconsejando que caminara cerca de una carretera secundaria para no ser visto, además de para no perder la orientación: dos riesgos que Hamet no debía correr.

Los que eligen los parajes apartados del tránsito o conocen muy bien el terreno o se esconden por haber cometido alguna fechoría. Hamet se encontró con dos ejemplares de este segundo grupo, que aparecieron por encanto detrás de un árbol.

—¿Adónde te diriges, hermano? —le abordó uno de ellos agarrándole por un brazo.

—A Nador.

No le dio tiempo a pensar la respuesta ni en su mente tenía otro nombre.

—¿A saltar la valla?

—Simplemente voy a Nador.

—Si vas a Nador, llevarás buenos dírhams para que te ayuden a pasar la frontera.

A Hamet le mosqueó la frase. Podría haber respondido que a él qué narices le importaba. Sin embargo, prefirió dar esta contestación:

—Voy a ver a un familiar que está enfermo.

Se estaba acostumbrando a mentir. No obstante, lo hacía por necesidad.

—¿Si heredas te acordarás de nosotros? —habló por fin el segundo malhechor, dando una perversa entonación a la pregunta.

—No te entiendo. Mi tío es pobre, como todos los de la familia. Desde luego, ninguno esperamos construir un castillo con su herencia.

—¿No llevas comida? —preguntó el que habló en primer lugar, que llevaba la voz cantante.

—Pues no, ya lo ves. Me lo he comido todo por el camino.

—Pero sí llevarás dinero visible para cuando te entre de nuevo el hambre.

—Pues no, no llevo dinero.

—¿Quieres que te registremos y te hagamos daño si encontramos algo?

Hamet observó las malsanas intenciones de los asaltantes y se adelantó mostrándoles unas monedas que llevaba en el bolsillo del pantalón.

—¡Solo eso! —se extrañó el más callado. Seguidamente le cacheó sin hallar lo que buscaba—. No tiene nada el miserable de él.

El más hablador intervino de nuevo esgrimiendo un sable:

—¿Le dejamos un recuerdo para que no olvide el día en que nos conocimos?

A Hamet se le heló la respiración. Una gota gélida le recorrió la espina dorsal.

—¿Tú crees que merece la pena? —le salvó el que le había cacheado.

—Tienes razón, es un pobrecillo.

—Nada podemos sacar de él.

—No creo que llegue a su destino.

Después desaparecieron raudos.

En esta ocasión, Hamet no mintió o, al menos, no del todo, ya que externamente no se veía el dinero. Había descosido con mucha habilidad la punta del cinto dejándolo hueco y poco a poco había introducido los billetes en la funda que se formaba. Por último, lo había vuelto a coser logrando casi una obra maestra. «Debes ser precavido», le había enseñado su madre. Sonrió muy agradecido.

Por nada del mundo se habría desprendido de los dírhams que con tanto empeño y esfuerzo había logrado y que tenían un destino concreto: pasar la frontera. Nadie se esforzaba gratis.

Se prometió que en adelante vigilaría con todos los sentidos cada movimiento que viera en el camino y se dio ánimos convenciéndose de que había sido un simple contratiempo que no le había impedido avanzar.

4

Eran muchos los kilómetros que llevaba acumulados en sus piernas y estas se resentían. No le quedaban víveres. Sin embargo, no le importó. Sacaría fuerzas pensando en la dicha que le esperaba.

Cuando divisó a lo lejos Nador, se le abrieron los pulmones y por primera vez desde que salió de Fez el aire le olió a mar. Pensó que ahora comenzaba de verdad su nueva vida, que él identificaba con trabajo, con comer y vestir bien, con superación y éxito, con el debut en un equipo europeo.

Le recibió una ciudad moderna, capital de una región en pleno desarrollo agrícola e industrial, con un trazado de calles en damero que contrastaba abiertamente con el tradicional.

Se dejó llevar por los sentidos, que le condujeron hasta el mar. Ante sus ojos, una playa de arenas finas y doradas le invitaba al reposo. No sabemos si por el cansancio, por la felicidad de verse transparente como las aguas o por el paraíso que le había recibido, pero Hamet cerró los párpados y se durmió.

Dos horas más tarde, el viajero solitario y soñador veía de nuevo el mar. Ahora, con la mente más despejada y tocando con sus dedos el líquido cristalino, le pareció una llanura inmensa, igual que algunos campos de cereales que había dejado en Oujda.

Hamet, que respiraba dicha por todos sus poros, paseó por la avenida principal, la de Mohamed V, como si fuera un turista. Dio un agradable paseo entre palmeras y farolas que conducían hasta la laguna de Bou Areg, un entorno natural auténticamente rico y hermoso.

Cuando el manto de la noche estaba a punto de cubrir la ciudad fronteriza de Nador, Hamet volvió a la playa y, amparado por unas hamacas y por el cielo estrellado que le protegía, se sumergió en el reino de los sueños.

El descanso se prolongó hasta que los rayos del sol se reflejaron en el agua. Entonces, el caminante se despertó y vio frente a él el mar; no pudo resistirse y se lanzó al agua. Estaba templada por el efecto del caluroso día anterior y le produjo un alivio y una emoción inmensos, igual que si flotara en el aire. En Fez, en su casa, no tenía ducha, como ocurría en muchas viviendas, y cuando quería refrescarse y lavarse, debía acudir a los baños públicos. Ahora, en el mar, experimentó una nueva sensación, más placentera que las ya vividas.

Más tarde, una vez cumplidas las primeras obligaciones de la mañana, se aproximó a la frontera entre Marruecos y Melilla para verlo todo más de cerca. Una doble valla de seis metros de altura, vigilada por policías con las metralletas cargadas, le saludó retadora: «¡Atrévete a saltarme!».

—¡No hay pértiga que pueda superarla! —habló para sí el de Fez.

Las insistentes avalanchas de inmigrantes subsaharianos habían obligado a las autoridades españolas y marroquíes a reforzar las medidas de seguridad, especialmente después del último asalto masivo hacía tres semanas, en el que murieron seis subsaharianos por disparos realizados por las fuerzas de seguridad marroquíes, que actuaron en «legítima defensa» tras haber realizado algunos disparos intimidatorios, según un informe oficial del Gobierno de Rabat. Sin duda, los más perjudicados eran los marroquíes, que antes pasaban a Melilla con relativa facilidad. Esto suponía una enorme contrariedad para las aspiraciones del joven.

«¡Cómo vivirían para arriesgarse tanto! —se lamentó Hamet—. Aunque el que nada tiene, poco puede perder. Yo daría todo lo que tengo por el sueño que me persigue, pero la vida... Sin ella no puedo soñar».

Se dio media vuelta y caminó durante largo tiempo sin que la descomunal valla metálica se apartara de su cabeza. Su educado olfato le acercó al zoco, donde artesanos y comerciantes exponían sus productos. Le pareció grande y bullicioso, aunque nada tenía que ver con el que tan bien conocía de Fez: allí la atmósfera se inundaba de aromas y olores; se mezclaban forjadores, alfareros, sastres, zapateros, curtidores, carpinteros que trabajaban la madera de cedro, artesanos del metal, cosméticos árabes...; se acumulaban todas las sensaciones, dominando los colores, sabores y perfumes hasta el punto de que los visitantes no acostumbrados a esa intensidad llevaban una rama de hierbabuena pegada a la nariz para mitigar tanta mezcolanza. El laberinto medieval de sus calles, sinuosas y estrechas, y los escasos rayos de sol que se colaban convertían las luces y las sombras en improvisados enigmas y misterios que trasladaban a los visitantes a otro mundo, solo interrumpido por la palabra *barak,* con la que los dueños de los muchos burros que recorrían las calles avisaban de su paso. Allí siempre había lo que se buscaba: sandalias, espejos, pipas de fumar, chilabas, babuchas, turbantes, pañuelos, gorros, cazadoras, cueros repujados, plata, oro, perfumes, verdura, frutas, especias, productos de alfarería, orfebrería y cerámica, filigranas de madera, teteras múltiples, cristalería, libros, sillas... y un té a la menta delicioso que ofrecía un vendedor de alfombras a nada que se mostrase interés en el producto, e incluso sin mostrarlo. Si no se regateaba, a la compra le faltaba algo, parecía como si les molestara que no se diera importancia al acto de comprar, acompañado de una sonrisa en los labios que conducía a una conversación amistosa.

Hamet se entretuvo mirando los tenderetes del zoco de Nador, sobre todo los que exponían comida, y la vista se le fue a unas naranjas que destacaban por el excelente aspecto que tenían.

—¿Qué deseas, joven? —le asaltó el frutero, que lucía una barba blanca que transmitía serenidad y confianza. Su túnica era gris y su turbante de un tono más claro.

—Nada —repuso Hamet.

La sabiduría del anciano le aconsejó seguir interrogando:

—¿Estás seguro?

—Unas naranjas —saltó de repente Hamet, señalándolas con la mano derecha—, para comérmelas ahora. Tienen una pinta extraordinaria.

El frutero le sirvió medio kilo sin pesarlas.

—¿Cuánto le doy?

De nuevo preguntó el hombre:

—¿No deseas nada más?

—No.

Mientras metía la fruta en una bolsa de papel marrón, se interesó de nuevo el frutero:

—¿De dónde vienes?

Hamet le devolvió la pregunta:

—¿Qué le hace pensar que vengo de lejos?

Tras un silencio, el frutero se tomó la respuesta con comedida calma:

—Yo me paso el día vendiendo fruta en este puesto. Me gusta observar a la gente y no te había visto antes por aquí. Además, tienes un acento distinto del nuestro.

—Vengo de Fez —se sinceró el joven. No le importó decir la verdad porque ya estaba cerca de lograr su objetivo y pocas cosas se lo podían impedir, y menos un vendedor de fruta.

—¿Es cierto que la mezquita de Qaraouiyine es una joya arquitectónica obra de una mujer? —se interesó el anciano dando un tono espiritual y de ensoñación a sus palabras.

Hamet repasó mentalmente lo que les contaba a los turistas y, como si tuviera a uno más delante, le explicó al vendedor que en ella cabían veinte mil fieles y que era el edificio más imponente de Fez, tanto por sus dimensiones como por la riqueza decorativa de sus estancias. Su construcción, allá por el siglo IX, fue, efectivamente, obra de una mujer. Como a los turistas no musulmanes no se les permitía pasar más allá de la puerta de entrada, donde únicamente se veían dos hileras de columnas de mármol parecidas a las del Patio de los Leones de la Alhambra de Granada, Hamet se extendía en detalles. Sin embargo, con el frutero fue a lo esencial: era un placer para la vista el contraste de su brillante tejado color esmeralda con el azul y blanco de los azulejos del suelo y la vistosidad de arcos y paredes; se trataba del centro de enseñanza más antiguo de Occidente, anterior a Oxford y a la Sorbona, y su biblioteca, una de las más ricas del mundo, contenía más de treinta mil volúmenes, entre ellos diez mil manuscritos y un espléndido Corán del siglo IX.

Los ojos del frutero dejaron de soñar.

Suspiró y después reconoció, no exento de sentimiento:

—Ya no tengo años para peregrinar a La Meca y rezar ante la tumba de nuestro profeta Mahoma. Sin embargo, a Fez podría intentar ir.

—Es usted joven todavía —le alabó Hamet—. No olvide que Fez ostenta la capitalidad religiosa de nuestro país.

Al hombre se le escapó una sonrisa.

—Por fuera parece que gozo de buena salud, pero por dentro... —inconscientemente se llevó las manos a las rodillas—. Me duelen mucho los huesos. De joven trabajaba más de la cuenta y comía mal y ahora se paga todo.

El islam, la religión de Hamet, de su familia y del interlocutor que tenía delante, está apoyado en cinco pilares: además de la peregrinación a La Meca de la que hablaban el de Fez y el frutero de Nador, los seguidores deben profesar la fe en Alá, rezar cinco plegarias al día, dar limosna a los pobres y ayunar en el mes de ramadán.

Más de una vez, el anciano vendedor, observando las imágenes emitidas por televisión, se había imaginado que, mezclado entre los fieles, realizaba a pie el trayecto entre Arafat y Mena, uno de los lugares más impresionantes de la peregrinación, pues se junta una avalancha humana de tres millones de musulmanes que deben pasar por los dos únicos puentes que hay. Alá les protege; de lo contrario, los accidentes se hubieran multiplicado. De todas formas, raro es el año en que en La Meca no dejan la vida al menos trescientos peregrinos. A pesar de estas repetidas tragedias, los incondicionales de Mahoma anhelan visitar la mezquita de Haram Sharif. Esta peregrinación, conocida como *Hash*, es obligatoria para todo musulmán al menos una vez en la vida y siempre que la salud y los recursos económicos se lo permitan, pues no se debe uno endeudar para ello.

—Te decía —prosiguió el vendedor— que el viaje de mi vida no lo podré realizar. Sabes que se hace una vez para poder morir en paz. Lo sustituiré por las plegarias. Alá lo comprenderá, siempre le he sido fiel y he guardado los preceptos.

—La frutería no da...

El de Nador le interrumpió:

—Da lo suficiente parar vivir sin alardes y para tener unos ahorros por si llega la adversidad. No necesitaría pedir prestado para ir a La Meca, la patria de nuestro profeta. Sin embargo...

Hamet le leyó el pensamiento y se adelantó:

—A pesar de lo que creo que va a decir, tiene buen aspecto.

—Eso es lo que parece.

—Aseguran los que han ido que muchos de los peregrinos son ancianos. Algunos viajan en sillas de ruedas, otros son cojos, otros casi ciegos...

—Hay un momento en que el cuerpo dice basta y no quiero dejar desatendida a mi familia aunque a cambio yo pueda morir en paz con Dios.

Como el de Fez no acababa de creerlo, precisó el anciano:

—Voy a cumplir setenta y tres años, las piernas se me hinchan constantemente, tengo artrosis, mi estómago está cansado de las malas comidas y del hambre pasada a veces...

—Le entiendo.

El frutero sonrió:

—Y, sin embargo, por mi aspecto, mis clientes creen que estoy sano. Nadie puede decir que no cumplo con todos los preceptos de la religión. En mi cuerpo jamás ha entrado una gota de alcohol ni he probado el cerdo. Estoy orgulloso de poder ayunar todos los años durante el mes de ramadán... En cambio, la celebración del *Hash* no podré cumplirla. Pero Fez está más cerca, está todavía a mi alcance. No me gustaría morir sin haber visto la mezquita de Qaraouiyine.

El de Fez tenía toda la vida por delante y por ello no se planteaba la visita a la ciudad sagrada. Conocía al detalle todos los actos y pormenores que tenían lugar durante los cinco días que duraba la peregrinación. Según reza en el Corán, en esos días los creyentes no pueden realizar actos sexuales ni cometer actos impíos ni tampoco pueden discutir. Quien cumple estos mandatos «es como si hubiera nacido de nuevo».

Los peregrinos, todos iguales a los ojos de Dios, visten de blanco, con dos piezas de tela sin costura alguna. Viajan gozosos al lugar donde nació su profeta Mahoma. Una vez en La Meca, visitan la gran mezquita de la Kaaba y se purifican en sus claustros y pórticos.

Después de finalizar el periodo de peregrinación, los fieles seguidores de Mahoma celebran la fiesta del sacrificio del cordero, en la que degüellan un animal en memoria de Ibrahim*, personaje bíblico al que Dios probó pidiéndole que matara a su hijo Ismael, tenido con su esclava Agar**, y que a punto estuvo de sacrificarlo. En esa fiesta se mata al animal tumbado sobre su costado izquierdo, mirando hacia La Meca, y lo sa-

---

* Para los cristianos, Abraham.

** Para los judíos y cristianos, Isaac, hijo de su esposa Sara.

crifica con un cuchillo una persona adulta. Después, se acompaña la comida con dulces y té*.

Miles de ovejas y corderos se sacrifican en todo el mundo en la fiesta de Id al Kabir para celebrar que Alá permitiera a Ibrahim sustituir a su hijo por un cordero. También en casa de Hamet se celebraba la fiesta grande del sacrificio y en tal ocasión sus familiares acudían a degustar la comida preparada por su madre. Su tía se encargaba de los dulces y de los pasteles de hojaldre.

La peregrinación culmina con el ritual de la lapidación de las tres columnas de Satán. Para purificarse hay que lanzar siete piedras del tamaño de un garbanzo a los *Yamarat***, recordando lo que Ibrahim hizo cuando el diablo le tentó tres veces para que no obedeciera a Alá, que le mandaba matar a su hijo. Es tal la muchedumbre humana que a veces se producen accidentes mortales.

Una vez que terminan de apedrear al diablo, los fieles se dirigen al santuario de La Meca para dar de nuevo siete vueltas en torno a la Kaaba, un ingente cubo cubierto con una tela negra hacia el que los musulmanes se dirigen para rezar y enterrar a sus muertos. Este ritual es la llamada circunvalación del adiós.

La mayoría de los peregrinos no se van sin visitar la ciudad de Medina, para ver la tumba del profeta Mahoma y rezar al menos cuarenta veces al fundador del islam.

De pronto, el hombre que regentaba el puesto de fruta miró al joven a los ojos:

---

* Para los musulmanes, esta fiesta se semeja a la Pascua, en la que los cristianos celebran la resurrección de Jesucristo.

** Columnas que representan a Satán.

—¿Qué hace uno de Fez en una ciudad fronteriza como Nador? ¿Lo que yo me imagino?

—Piensa usted bien.

El frutero se rascó la poblada barba blanca antes de asegurar:

—Has llegado en mala época, está la frontera muy vigilada. Han dado orden a la policía de cargar si ven a alguno intentarlo.

—Vengo de la frontera y la valla...

—Yo no quiero ni verla. Siempre habíamos pasado a Melilla con total confianza. Dicen que a los que pretenden saltar los disparan como si fueran conejos. Corren malos tiempos. Tendrás que buscar otro medio si quieres salvar el pellejo. Antes no había ningún problema e incluso en la frontera de Farhana, que está a unos kilómetros de aquí, sacabas unos dírhams y la policía te dejaba pasar sin pedirte los papeles.

—Esperaré a ver si cambian las cosas, no pienso rendirme.

—Haces bien —le animó su interlocutor—, que se note que te hierve la sangre.

—Nada tengo que perder.

El hombre le aconsejó prudencia:

—Yo no quiero engañarte: las cosas van a peor. Ayer, en el café, comentaron que hay treinta mil subsaharianos agazapados, esperando la ocasión. Las mafias saben el día y la hora más acertados para pasar a España. ¿Te han dicho lo que cobran?

—Pues...

—¡Una fortuna! Para que te hagas una idea, ¡hasta nueve mil dírhams pagan los más necesitados! Un negocio redondo para los grupos organizados.

Estos grupos ofrecen un sueño dorado de libertad, bienestar y comodidades, pero con riesgos. Sin embargo, el ansia de una vida mejor puede con todo, pues la gente, sobre todo en el África negra, convive a diario con la muerte, azotada por la hambruna, la guerra, la enfermedad y la corrupción política.

El anciano frutero añadió:

—He oído comentar que en estos momentos se desplazan desde el África subsahariana hacia nuestro país más de cinco millones de personas, que llegarán en un par de años.

—¡Es una invasión! —exclamó el joven.

—Y todos vienen hambrientos.

Desde Agadir a Lagwira pasando por Boujdour hay muchas playas. En los interminables kilómetros de dunas inhóspitas se esconden cientos y cientos de subsaharianos que esperan a que les avisen para acercarse a la orilla y comenzar el viaje de un sueño radiante. El viaje es caro, muy caro; el riesgo, incalculable. Pero la necesidad no tiene límites. Construyen una patera y embarcan hacia nuestras islas libres de equipaje y de dinero. Sin embargo, como está tan vigilado el paso a las Islas Canarias, la urgencia les ha ido acercando a las fronteras de Ceuta y Melilla.

—Aquí se corre mucho riesgo. Ahora, si yo tuviera tus años, también lo intentaría. La creciente oleada de pateras y cayucos en busca de una vida opulenta ha empujado a muchos jóvenes a tomar esa decisión.

—Yo soy uno de ellos.

—Me gusta que a la juventud le hierva la sangre.

Las dudas perseguían al de Fez, por eso preguntó:

—¿Usted cree que con la avalancha de subsaharianos habrá un hueco para mí?

—Siempre lo hay. Ahora bien, debes actuar con rapidez. Si los gobiernos afectados firman un pacto y aceptan a los repatriados, se cierra el grifo.

—Pasaré cuanto antes.

El hombre se lamentó:

—Esto no es vida. Todo el día trabajando y no me puedo tomar un té tranquilo. ¿Qué comodidades puedo tener en casa? Apenas gano para alimentar a la familia y tengo que guardar unos ahorros por si acaso vienen mal dadas; mi primera mujer está enferma y las medicinas... Los jóvenes tenéis que arriesgaros. Mira los que están trabajando en Francia, vienen los veranos con coche, dinero y regalos para todos. Pasean por las calles y avenidas más orgullosos que un pavo real.

El joven fue a lo que le interesaba:

—Decía usted antes que tendría que buscar otro medio distinto para atravesar la frontera.

—Claro. En patera no debes intentarlo porque el mar está muy vigilado y las mafias ya sabes que cobran mucho dinero, además de que te jugarías el pellejo. La valla ya has visto lo alta que es... —bajó el tono de voz y miró para observar si alguien se fijaba en él—. Si tú quieres...

—Sí, sí.

—Si realmente estás muy interesado...

—No he venido desde Fez hasta aquí para pasar unos días de vacaciones.

—Yo te puedo ayudar.

—¿De verdad?

—Conozco a un hombre de Melilla...

—¿Cómo se llama? —preguntó atropelladamente Hamet con los ojos iluminados.

—Le llaman Castaño. Ese hombre atraviesa la frontera y puede ayudarte. Viene a Nador, hace sus negocios y regresa a Melilla.

—¿Cuánto me costará?

El vendedor de frutas y quimeras se tomó su tiempo. Después contestó:

—Te podrá cobrar... —y dijo una cantidad totalmente inaudible—, más la propina que me darás a mí por haberte proporcionado el contacto.

—¿Dónde lo puedo encontrar?

El de Nador se explicó lo mejor que pudo:

—Sales del zoco y caminas todo recto hasta que veas un edificio blanco con arcos, que es el consulado español. Después tuerces a la derecha y a unos trescientos metros verás un campo de fútbol, vamos, el terreno y dos porterías, y desde allí tendrás que andar quince minutos hasta un taller de cuero.

—¿Cómo lo reconoceré?

—Es una nave, bueno, la única nave que hay.

Hamet le dio un billete y las gracias. El anciano se despidió de él moviendo la mano.

—Le dices que vas de parte de Hamet Abdeselam.

«Encima se llama como yo —pensó Hamet, dichoso, pero no lo dijo—. Me traerá suerte». Y empezó a comer las naranjas mientras caminaba.

Siguió las indicaciones del anciano y llegó al campo de fútbol, efectivamente un descampado de tierra, desangelado, fácil de identificar por sus dos porterías de madera y porque allí dos equipos de adolescentes se batían el cobre sin pensar en la miseria que les envolvía. No había dos camisetas iguales, cada cual se cubría el torso como podía. Los pantalones eran distintos en forma y color. La gama del calzado era variada: playeras, zapatillas, zapatos, botas, todos ellos gastados y algunos en mal uso. Sin embargo, pegaban al balón con furiosas ganas, como si en ello les fuera la vida. Desbordaban pasión y alegría. Un jugador acababa de tirarse a la piscina y el colegiado picó, señalando el castigo máximo. A Hamet le dieron ganas de saltar al terreno de juego para convertirlo en gol. De repente se transformó la realidad en una utopía: un verde césped cubrió el rectángulo de juego, del suelo salieron dos porterías de madera con sus correspondientes redes y seguidamente se cubrieron las gradas de espectadores que animaban a sus equipos. Pedían a gritos que fuera él el lanzador. Cuando Hamet se quiso dar cuenta de hacia dónde se dirigían sus ojos, el delantero centro ya había lanzado el balón a las nubes. El jugador golpeó fuertemente el balón con la puntera y el efecto había sido desolador para los suyos, que se lamentaban del nulo acierto de su compañero.

5

A la puerta de la nave que le había indicado el anciano Hamet Abdeselam, había varios coches y furgonetas. Después de refrescarse con la última naranja, el joven preguntó por Castaño.

—Castaño, aquí te buscan —voceó un trabajador.

Carlos Castaño, un hombre de mediana edad, barba de varios días, barriga prominente y 1,80 de estatura, adelantó su descuidada humanidad:

—¿Quién pregunta por mí? —se interesó, mientras intentaba meterse los faldones arrugados de la camisa dentro del pantalón. Como pudo, compuso su desaseado aspecto.

—Vengo de parte de Hamet Abdeselam, el frutero del zoco. Me ha dicho que usted puede ayudarme —le respondió el de Fez en un castellano más que aceptable que había aprendido siendo guía. Cuando oía a turistas hablar castellano, rápidamente se prestaba a enseñarles los encantos de la ciudad donde nació. Entre monumento y monumento les preguntaba por los futbolistas que admiraba.

Castaño, con apenas lanzarle una mirada escrutadora, supuso lo que quería el recién llegado y le sacó fuera de la nave. Sin embargo, como perro viejo, se hizo el desentendido y preguntó:

—¿De qué se trata?

—De que me ayude a atravesar la frontera.

Castaño resopló con intención y se rascó la cabeza.

—Están las cosas muy mal —pareció que se lamentaba el hombre, al que de nuevo se le habían salido los faldones de la camisa—, cada día nos ponen más pegas. Desde que los subsaharianos han empezado a tocarnos las narices, cada vez corremos más riesgos.

—¿No puede ayudarme?

El melillense hizo como que no le había escuchado y prosiguió explicando lo peligroso de su trabajo:

—Esto te costará tu dinero, ten en cuenta a lo que me expongo. Si me pillan, me trincan el negocio y voy de patitas a la cárcel. ¿Y de qué comerán mi mujer y mis hijos? Tú esto no lo entiendes porque no tienes familia. Esa suerte tenéis los solteros.

—Sí, sí.

El hombre miró para el suelo antes de continuar hablando, sin duda para justificar la cantidad que iba a pedir:

—Hoy día por la frontera no pasa ni el aire. Hay mucha vigilancia, no sé si debo arriesgarme contigo. Lo que me pides es muy comprometido. Ahora, si estás decidido, yo te aconsejo que mejor hoy que mañana.

—A eso vengo.

—Llegará un día en que los gobiernos se pongan de acuerdo y no pase nadie.

—Para entonces yo no estaré aquí.

—¡Todos soñáis con España!

—En Marruecos hay mucha miseria.

—Eso es cierto.

—Y somos muchos.

—También.

Tras unos segundos de incertidumbre en la conversación, Hamet suplicó:

—Yo se lo agradecería siempre.

—Como te veo así, tan decidido, te ayudaré a cruzar la frontera —concedió generoso—, pero quiero que sepas que me meto en la boca del lobo.

A Hamet le corría prisa por saber la decisión final y por eso preguntó:

—¿Cuántos dírhams me cobrará?

Hubo un silencio. Castaño fingió que pensaba. Pasado un tiempo prudente dio la respuesta:

—Teniendo en cuenta cómo están las cosas y a lo que me aventuro... —y le creció unos centímetros la barriga— cuatro mil quinientos dírhams.

Hamet se entristeció de pronto, pues sabía exactamente la cantidad de la que disponía.

Solo pudo decir:

—Tengo únicamente cuatro mil.

De nuevo un silencio estudiado. El salvavidas rompió el hielo:

—Bueno, bueno. Lo haré por ti, pareces buena persona. Dame todo lo que tengas.

No cabía asomo de regateo. Habituado a presenciarlo en la medina de Fez el Bali y practicado por él en pequeña escala, ahora Hamet solo podía aceptar sin remisión la frase que leyó en los labios de su interlocutor: «O lo coges o lo dejas».

El conductor de la furgoneta le cobró por anticipado y seguidamente le advirtió:

—Si nos para la policía y te descubren, yo no te conozco, no quiero saber nada. Diré que aprovechando un descuido mío te colaste en el vehículo. Morito, ¿entiendes bien lo que te digo?

—Entonces, ¿me devolvería el dinero?

La contestación fue lapidaria:

—Yo cobro por el riesgo que corro.

El tal Castaño, astuto comerciante, llevaba de Nador a Melilla cazadoras de cuero en su furgoneta y completaba el viaje con los marroquíes que tuvieran suficiente dinero para pasar a España. Hamet viajó tapado por un montón de cazadoras. El penetrante olor a cuero de las mismas le trasladó al barrio de los curtidores que tantas veces había mostrado y explicado a los turistas:

—Estamos en la tenería de Al-Chauara, la más importante de la ciudad. Desde hace siglos se viene realizando el curtido de forma artesanal, transformando las pieles de animales en los productos de marroquinería que tanta fama nos dan. Únicamente en dos ciudades marroquíes, Tetuán y Fez, se curten y tintan las pieles de modo tradicional. Desde que los burros transportan los pellejos de oveja, cordero, camello y dromedario hasta que se les da color, hay un largo proceso: los cueros brutos hay que convertirlos en cueros finos y para ello se pasan por distintas pilas de ladrillo; después se secan, se engrasan, se les da color y finalmente se tienden en los tejados, en las paredes y hasta en las tumbas de los cementerios para que se sequen al sol. En las tinas redondas se tiñen las pieles como hace mil años, extrayendo los colores al modo tradicional: el color amarillo se extrae del azafrán; el rojo, de la amapola; el azul, del añil; el verde, de la menta; el negro, del antimonio; el naranja, del zumo de alheña.

A pesar del intenso olor —«¡Qué bien me vendría ahora una ramita de hierbabuena pegada a la nariz para despistar este perfume», pensó— y pese a la incomodidad, no se le hizo pesado el viaje.

A Castaño no le pararon en la frontera porque era una persona conocida y apreciada, pues de vez en cuando alargaba unos dírhams a los vigilantes marroquíes en señal de agradecimiento y buen trato. Un simple movimiento de cabeza le bastó para encontrarse al otro lado de la frontera con la mercancía peletera y humana. En la aduana española, los guardias le hicieron un guiño.

6

El viajero de Fez llegó a territorio español sin nada que perder, con los bolsillos silenciosos, ligero de peso. Había perdido cinco kilos desde que salió de su casa y había entregado hasta el último dírham.

Al llegar a la plaza Comandante Benítez para enfilar la larga avenida Rey Juan Carlos I, que pronto Hamet llamaría «la avenida» como todos los melillenses, el conductor le preguntó:

—¿Ahora adónde irás? —y sin dejarle responder, continuó con decisión, como si tuviera prisa—: Yo te dejo aquí, en el centro de Melilla, tú sabrás lo que tienes que hacer. Si la policía te pide los papeles, a mí no me nombres para nada, yo no te conozco. En tu vida me has visto. Tienes que aprender a mentir, a partir de ahora te vendrá muy bien.

—Les diré que me he caído del cielo —balbuceó el chico, sabiendo que a su castellano le faltaba agilidad.

—¡Qué jodido morito, y todavía tiene humor!

—Iré a casa de mis tíos.

—¡Pero tienes familia aquí! —se sorprendió el taimado Carlos Castaño.

—Sí.

—¿Dónde viven?

—En la calle Teruel —y le mostró un papel arrugado donde había escrito sus señas.

—Me pilla cerca, te dejaré en la puerta —se ofreció Carlos Castaño en el colmo de la generosidad. No obstante, para evitar que alguien le reconociera, le advirtió—: Hasta que no desaparezca, no llames al timbre, ¿me entiendes, morito?

Salió a recibirle su tía, que le reconoció inmediatamente, pues no hacía mucho que se habían visto en la ciudad imperial. Le abrazó con todo el cariño del mundo. Eran dos familias muy queridas. Cuando iban a Fez, los padres de Hamet los acogían muy gustosos y se desvivían con ellos.

—¡Pero cómo te has atrevido a atravesar la frontera con la vigilancia que hay! ¿Estás sano? ¿Te ha ocurrido algún percance?

—Estoy bien.

—¿Has venido tú solo desde Fez?

Después de saludar a su tío Mohamed y a sus dos primos, Yonaida y Omar, Hamet les dio recuerdos de la familia que había dejado en Fez y les relató lo que le había ocurrido desde que salió de su casa, hacía ahora cinco días, hasta que llegó a Melilla. Del hombre de la furgoneta no dio detalles.

—¡Qué valiente eres! —suspiró su prima Yonaida, ya toda una mujer. Acababa de cumplir diecisiete años y tenía unos ojos encendidos y una hermosa tez morena.

—Aquello no era vida. ¿Qué aspiraciones puede tener un joven sin estudio alguno?

—Muchos se quedan en el intento: unos al saltar la valla y la mayoría tragados por el mar. Se ve que tú eres fuerte y decidido.

—Gracias, prima.

—Ahora no pensemos en eso —terció la tía—. Lo importante es que el primo Hamet está con nosotros sano y salvo.

A continuación intervino su tío Mohamed:

—Tu primo te enseñará la ciudad. No es como Fez, pero tiene un encanto especial: las iglesias, las mezquitas y las sinagogas le otorgan un aspecto único. Cada comunidad religiosa alaba lo que es tan suyo y se siente muy orgullosa de ello. En este caso, los hindúes, que son minoritarios, llevan las de perder, pues su templo, que está aquí al lado, en la calle Castelar, apenas se ve. Yo no he estado en él, pero por lo visto veneran imágenes y fotografías de santos y de gurús y hasta de Jesucristo; tienden a mezclar doctrinas diferentes. Los que más dinero manejan son los judíos, aseguran que siempre ha sido así. Hay uno que se llama Jacob que tiene un comercio en la plaza de España y que ni sabe los euros que tiene.

Le sonó extraño al marroquí el nombre de la moneda europea y, sobre todo, la naturalidad con que su tío lo pronunció.

—Por eso he venido yo a Melilla, a ver si se me pega algo —dijo sonriendo el de Fez.

Contagió la sonrisa a su familia.

De nuevo, el prudente Mohamed quiso abrir al recién llegado los ojos a la realidad:

—Aquí están las cosas muy mal, hay mucho revuelo y apenas hay trabajo para los que no tenemos un oficio cualificado. Yo no me quejo, siempre he trabajado. Pero se ven muchos inmigrantes y todos tienen que comer; algunos llevan escrita en la cara la palabra hambre —tras un silencio añadió—: Con esto no pienses que no queremos acogerte. En esta casa tendrás cama, y la comida que haya la repartiremos entre todos. Serás como un hijo más.

—Gracias, tío Mohamed.

—Simplemente —prosiguió el padre de familia— te advierto de lo que hay aquí, no sea que vengas con la idea de que en España se gana el dinero fácilmente. Tu primo Omar trabaja en el barrio comercial del Mantelete, él te ayudará a encontrar trabajo y te enseñará la ciudad.

—Mi intención es pasar a España.

Mohamed le corrigió:

—Melilla también es España. Sin duda, te referirás a la península.

—Sí, sí.

—Eso más tarde, que acabas de llegar. Ahora procura no meterte en ningún lío y comportarte como el buen ciudadano que yo sé que eres. Aquí hay muchos marroquíes y pasarás desapercibido. Si te detiene la policía, lo echas todo a perder, pues te devolverán a Marruecos. Ya intentaremos conseguirte papeles. Todo a su debido tiempo. Para empezar, lo mejor es que hagas ciertos trabajos en los que no te exijan documentación alguna. Por ejemplo, lavar coches por tu cuenta, vendedor ambulante... Una cosa te advierto: si ves algo que no te gusta, calla, que andan las cosas muy revueltas. No olvides que por la boca muere el pez. A mí tampoco me gusta que la policía española detenga a un marroquí y lo lleve en un coche patrulla al otro lado de la frontera igual que si hubiera robado o cometido un crimen.

—No tendréis queja de mí —aseguró Hamet—. Estaré pendiente de todo lo que me rodea.

Mientras su mujer preparaba el té, habló de nuevo Mohamed:

—Me duele insistirte, Hamet, en que no has llegado en el mejor momento. Con esto no quiero decir que no te recibamos bien. Me refiero al ambiente y a la convivencia que se respiran en Melilla. Hace ahora unos veinte años, no sé si bien guiados o no por Aomar Mohamedi Dudú, que actualmente vive en Marruecos, protestamos con insistencia para que a los residentes extranjeros nos concedieran la nacionalidad española. Organizamos manifestaciones, tu tía asistió a la primera manifestación de mujeres musulmanas. ¡Nunca se había conocido nada igual! ¡Todas gritando las mismas consignas en castellano y en sherja! La prensa se hizo eco de la noticia y alabó la perfecta organización. Como consecuencia de nuestras reivindicaciones, se normalizó la situación y las aguas volvieron a su cauce.

—Tu tío quiere decir —intervino la aludida desde la cocina— que nosotros, quitando algunos incidentes, hasta ahora hemos vivido tranquilos porque las comunidades religiosas melillenses tendemos al acuerdo y a respetar las costumbres y las tradiciones de todos. Hasta este momento se ha respirado una buena convivencia.

—Omar y yo —habló la prima apoyando las palabras de su madre— hemos ido a un colegio público y no hemos notado diferencias.

Al cabeza de familia se le notaba con ganas de continuar hablando:

—Todos hemos aprendido a convivir y se puede decir que la tolerancia es grande. Pero vas por la calle y se nota, sin embargo, que cuando se mezcla religión con política, los ánimos se encrespan. Los enfrentamientos internacionales y los atentados terroristas, que aquí también preocupan, han creado inquietud entre judíos, musulmanes y cristianos. Yo no digo que esto vaya a explotar; ahora bien, cada vez la vigilancia es más grande y no dejan pasar a nadie porque en el fondo temen que la ciudad se inunde de musulmanes. El número de judíos y de hindúes ha bajado, pero el de musulmanes no. Ya somos más del cuarenta por ciento del censo de la población y seguimos creciendo. Teniendo en cuenta que tenemos más hijos que los cristianos, dicen que cinco niños por mujer, a este paso dentro de diez años seremos mayoría. Además, cada vez hay más familias musulmanas dedicadas al comercio, y el dinero da poder.

—Yo creí que aquí no había esas diferencias —habló Hamet.

Su tío le respondió por extenso:

—Aparentemente no las había porque la sociedad cristiana estaba por encima de las demás, y no me refiero solo a la majestuosidad de sus iglesias. Esto era una constante y, aunque las comunidades tenemos sensibilidades diferentes, las relaciones no eran malas porque todos poníamos nuestro granito de arena y nos empeñábamos en convivir en paz. Ahora bien, nunca nos mezclábamos, prueba de ello es que los matrimonios mixtos apenas existen. Cada uno va por su lado. Los judíos se casan entre ellos, lo mismo que nosotros.

—Cuando veas un desfile de coches pitando todos a la vez, sabrás de quién es la boda —aseguró Omar—. Parece que se casa toda Melilla cuando hay boda musulmana.

—A los que están al frente de la ciudad y al Gobierno de España —opinó Mohamed— les preocupa que cada vez seamos más los que pensamos y vivimos de una manera distinta que ellos. Aunque les duela a los gobernantes, tienen que respetar nuestras tradiciones y costumbres, además de repartir los gastos y las subvenciones. Todavía hoy existe un enorme agravio comparativo entre musulmanes y cristianos, que somos las comunidades más numerosas. Sin ir más lejos, este año el ayuntamiento ha destinado a las fiestas de Navidad ciento veinticinco mil euros y solo diez mil a nuestro ramadán. ¿Y qué me dices de la enseñanza de nuestra religión? —él mismo se dio la respuesta—: La escuela pública tiene que garantizarla como asignatura opcional.

—Es nuestra tierra y nos tenemos que entender con todos los que viven aquí —suavizó la madre mientras colocaba el té en la mesa.

—Se han conseguido cosas —aseguró Mohamed—, pero aún faltan muchas. Lo que ocurre es que cada vez que hay problemas con la inmigración, es un contratiempo para nosotros, es como si retrocediéramos en esta larga marcha. Por desgracia, ahora estamos en ese caso. Cuando las aguas se tranquilicen, volveremos a convivir pacíficamente, es nuestro destino, entendernos; pero ya nada será igual, cada vez somos más y exigimos un mayor equilibrio en todo. Yo me acuerdo de cuando vine a Melilla. Pasé la frontera por Farhana sin ningún inconveniente. Estuve malviviendo en la Cañada de la Muerte, un barrio que se define por sí mismo, y después pasé al de la Reina Regente. Allí conocí a tu tía, de esto hará unos...

Mientras bebía el té, Mohamed se dejó llevar por el recuerdo. Cuando él llegó a Melilla, había trabajo para todos y se respiraba por las calles una natural convivencia.

Los campanarios, los alminares, las sinagogas y el perfume de sándalo otorgan una peculiar fisonomía a esta ciudad española plural, con cuatro culturas dispuestas a convivir en un espacio exiguo de trece kilómetros cuadrados, que se extiende desde la orilla del mar a las lomas y cañadas que llegan hasta la frontera con Marruecos. Es un orgullo para todos los melillenses saber que su ciudad, que desde el siglo x pertenecía al califato de Córdoba, fue conquistada por los españoles el 17 de septiembre de 1497, al frente de los cuales estaban Pedro de Estopiñán y Francisco Ramírez de Madrid. En los documentos y correspondencia oficial se puede leer: «Melilla es España dieciocho años antes de que Navarra se incorporara a la Corona de Castilla, ciento sesenta y dos años antes de que el Rosellón fuera francés, doscientos setenta y nueve años antes de que existieran los Estados Unidos de América». Esto se lee en los documentos y en los rostros de los ciudadanos.

Se trata de la más bella de todas las plazas españolas del norte africano. La mitad de este pequeño enclave lo ocupa el casco urbano y el resto lo componen los pinares de Rostrogodo y las playas de fina arena que se extienden a lo largo de toda la costa hasta acariciar Marruecos.

7

Ese día por la tarde, su primo Omar le enseñó a Hamet una parte de la ciudad. Pasearon desde la plaza Comandante Ramírez hasta la plaza de España deteniéndose en todos los escaparates de la avenida.

—¿Por qué en los rótulos pone avenida Juan Carlos I Rey y tú, Omar, simplemente dices avenida?

—Será por abreviar, aquí todos la llamamos la avenida.

Aparte de la majestuosidad de los comercios, lo que más le llamó la atención al recién llegado fueron las tiendas donde se exponían los móviles más sofisticados. «¡Si yo pudiera comprarme uno!», pensó y le preguntó a Omar:

—Primo, ¿tú tienes móvil?

—Sí.

Y se lo mostró. Hamet no sabía si mirar a las teclas, a la pantalla o al moderno diseño del aparato. En la plaza de España, Omar le sacó una fotografía con el Casino Militar al fondo. Tal vez lo hiciese para certificar su presencia en Melilla, una ciudad donde abundan las murallas y el peso del ejército. Pero también hay otra Melilla seductora y plagada de líneas curvas y elegantes que lanza un guiño desde los balcones modernistas.

Por ser un puerto franco, libre de impuestos, es una ciudad que mueve mucho dinero: el comercio, los automóviles, la bebida, la alta tecnología... Omar aseguraba que había familias, especialmente hebreas y algunas hindúes, que movían parte de la economía de esta ciudad autónoma fronteriza.

—¿Los musulmanes son pobres? —se interesó el recién llegado.

—Todos no. En los últimos tiempos, algunos están entrando con mucha decisión en el comercio.

El de Fez pudo comprobar que Rusadir, como la llamaban los fenicios, es una ciudad resplandeciente y llena de luz, con un clima especialmente benigno. Para mitigar esa luminosidad se adentraron en el parque Hernández, un remanso de paz y colorido, donde árboles y arbustos cumplen perfectamente la función de solazar al visitante. Se detuvieron en las flores más llamativas y Omar fue nombrando las buganvillas, las aves del paraíso, diversos ficus, las rosas de China, las flores de la palmera datilera...

Se sentaron a la sombra en un banco de madera. Fue Omar quien inició la conversación:

—Seguro que Fez es una ciudad muy bonita, pero también Melilla tiene su encanto.

—Claro que lo tiene —repuso Hamet—, me está gustando mucho y este parque...

—Hay otro donde han construido un auditorio al aire libre para celebrar conciertos de música.

—Me gustaría asistir a uno.

—Nosotros vivimos muy felices aquí —aseguró Omar—. Mi hermana y yo hemos nacido aquí y conocemos a todos.

—Ya sé que sois españoles. Yo quiero ser como vosotros, vestir bien, tener móvil...

—Lo conseguirás no tardando mucho.

—Comprarme un día un coche...

—Aquí los de segunda mano no son caros.

—... y ser jugador de fútbol —completó Hamet sus aspiraciones más cercanas, que para uno que acababa de aterrizar en tierra firme no era poco.

La tranquilidad y la frescura del parque Hernández, cuidado con esmero y abundantemente regado, se prestaban a prolongar la conversación:

—¿Te gusta mucho el fútbol?

—Lo que más deseo es ser futbolista, por esa razón he abandonado a mi familia y mi ciudad. Allí no tenía ningún futuro. No quiero continuar los pasos de mi padre y estar condenado a vivir siempre en la miseria.

—Aquí podrás trabajar...

Hamet le interrumpió:

—Yo sueño con ser futbolista y marcar muchos goles.

—¿En qué puesto juegas?

—Soy extremo izquierdo —y el chico se dejó llevar por la sombra de su fantasía—: Me gustaría jugar en un campo de fútbol repleto de aficionados gritando mi nombre. Yo correría por la banda, centraría y el delantero centro remataría de cabeza a gol. Muchas veces sueño despierto con esa imagen.

—Ficharás por un equipo importante —le siguió la corriente su primo— y saldrás en la portada de todos los periódicos deportivos: «Hamet marca un golazo de antología».

—Cuando sea famoso, necesitaré un representante para que se encargue de realizar todas las gestiones económicas y de márquetin.

—Y ahí me tienes a mí consiguiéndote un buen contrato con el mejor equipo de primera división —se creció el primo melillense.

—¿Cuánto me vas a cobrar?

—Por ser de la familia solo te cobraré un diez por ciento.

Hamet se detuvo a pensar. Después protestó con la boca pequeña:

—Es mucho dinero.

—Tú no puedes jugar en un equipo puntero y ocuparte de los negocios a la vez. Y será mejor que me lo encargues a mí y no a uno de fuera.

—En eso tienes razón.

—Y no me vengas con sentimentalismos de que quieres fichar por tu equipo favorito. Aquí se ficha por el equipo que más pague.

—Claro, claro.

El balón de unos niños que jugaban a unos metros de ellos fue a caer a sus pies y les devolvió a la realidad. Hamet se incorporó y le dio una patada.

—Tienes buen toque. Llegarás muy lejos, primo —le alabó el de Melilla.

Se levantaron y caminaron hasta dar con la salida del parque. El sol había perdido fuerza y era el momento adecuado para ir a conocer otro espacio de la ciudad.

—Ya no calienta tanto —aseguró Omar—. ¿Dónde quieres que vayamos ahora?

—A ver el mar —no dudó el de Fez. Le habían impresionado tanto las aguas transparentes de Nador que deseaba verlas de nuevo.

Cogieron el autobús y recorrieron gran parte de la costa hasta que se detuvieron cerca de la playa de la Hípica. El de Fez retenía todas las imágenes en su retina, igual que un niño cuando asiste por primera vez a un circo. Nada más ver el mar, su primo le preguntó:

—¿Qué te parece?

—¡Inmenso! No se ve el final, da la sensación de que a partir de aquí todo es agua.

—Agua salada —precisó el de Melilla.

—Ya, ya. Como si aquí se acabara la tierra, tragada por el mar.

Se sentaron sobre la arena. El silencio se prolongó por espacio de tres minutos.

—¿En qué piensas? —preguntó Omar.

—¿Cuántos kilómetros hay desde aquí hasta la península?

—No lo sé. Desde luego, no se puede ir a nado, salvo que seas un...

Hamet no le dejó seguir:

—No lo había pensado.

—Teniendo en cuenta las horas que tarda el barco, digo yo que habrá unos ciento cincuenta kilómetros.

—¿Cuánto tarda?

—Unas seis horas a Málaga. Aunque ahora han puesto un transbordador de alta velocidad que emplea la mitad del tiempo.

—No es mucho entonces.

—¿Quieres pasar el charco?

—Claro. La primera oportunidad que tenga la aprovecharé.

—Acabas de llegar.

—No quiero perder el tiempo, Omar.

—Algunos han pasado escondidos en camiones. El barco tiene un garaje inmenso para transportar esos vehículos.

El de Fez estuvo un rato rumiando la frase en silencio. Después preguntó:

—¿No revisan los camiones?

—Se esconden en las ruedas de repuesto. Como es de noche, los vigilantes...

Regresaron andando. Pasaron por la playa del Hipódromo, por la de los Cárabos y cuando estaban cerca de la playa de San Lorenzo torcieron a la izquierda para de nuevo adentrarse en la ciudad.

—¿Qué es esto? —preguntó Hamet al ver una monumental construcción circular.

—Sabía que me lo preguntarías, primo, por eso te he traído aquí. Es una plaza de toros.

—De toros, de toros —repitió.

—En España hay mucha afición a las corridas de toros.

—¿Más que al fútbol?

El primo melillense intentó explicarse:

—No sé qué decirte. Todas las ciudades tienen plaza y lo mismo los pueblos grandes. Las corridas de toros se celebran desde hace siglos. La plaza se llena de espectadores, y eso que las entradas son muy caras. Hombres vestidos de toreros dan pases a un toro con la capa, le pinchan con una lanza, le clavan unas banderillas... y después lo matan.

—No veo la gracia.

—Cada país tiene sus fiestas y sus costumbres.

—¡Pobre animal!

Omar se disculpó:

—Yo únicamente he visto toros en televisión.

—¿No corre peligro el torero?

—Los hay que son muy buenos y que saben manejar al toro con mucho arte. En cambio, otros se llevan buenas cornadas.

8

No tardó Hamet en encontrar su primer trabajo de inmigrante privilegiado, propiciado por la ayuda de su primo: vendedor callejero de almendras saladas. En un papel de estraza ofrecía la mercancía a los turistas y paseantes. Tenía que aprender a distinguir quién era turista, pues los naturales del lugar apenas compraban y se perdía el tiempo sin obtener beneficio alguno. Su primo le recalcó que debía insistir y no rendirse, ya que al final algunos compraban, bien para que les dejaran en paz, bien por lástima. Por cada ración que vendía, ganaba sesenta céntimos, que no era una fortuna. Pero si vendía muchas raciones...

En el recorrido obligado que debía hacer callejeando por la ciudad, le llamó muchísimo la atención la cantidad de locales destinados a la lotería y otros juegos de azar. Como en Marruecos están prohibidas las apuestas, Hamet era incapaz de retener ni la mitad de las posibilidades que tenían los melillenses de hacerse ricos, desde la Bonoloto hasta la Primitiva pasando por la ONCE, las quinielas... Se perdía en el camino. A esta variedad de ofertas había que añadir, según le había dicho su primo, que desde hacía años contaban además con una lotería local, llamada Rifa de la Caridad, muy popular entre la población, que conocía cada número por su denominación particular: los Palomos (92), la Cabra (51), el Matrimonio (81), la Porquería (86), la Puñalá (37), el Piojo (62)... Por las mañanas, las administraciones se convertían en un hervidero de gente que compraba y cobraba boletos. ¡Una locura a los ojos del marroquí!

Más tarde, su primo le aconsejó compaginar la venta de almendras con el lavado de coches en la calle por su cuenta.

—Para lavar coches —le explicó Omar— no necesitas más que un cubo y un trapo. Todo lo que ganes es limpio.

—¿Y si nadie quiere que le lave el coche?

—Ya irás aprendiendo. Tú ves a un hombre que aparca en la plaza de España y, mientras hace sus negocios, le dejas el coche brillante. Cuando regresa, se lo dices. Ninguno se niega a pagarte. Y ya tienes un cliente fijo para sumar a tu lista.

Se pasaba casi todo el día fuera de casa. Cuando regresaba para cenar, se encontraba cansado y dormía como un bendito. Apenas le daba tiempo a ver los programas de televisión. Un día, en sueños, se le presentó Jadiya, la chica de Fez que siempre le sonreía, y le habló:

—Hamet, ¿por qué has tardado tanto en venir a verme?

—No me dejaban pasar la frontera.

—¿Qué dices de la frontera?

—La pasé dormido.

—¡Tú no andas bien!

—Tengo que ser un futbolista famoso y ganar mucho dinero.

—¿Para qué quieres todo eso?

—Para después casarme contigo.

—Si eres rico, ya no me querrás.

—No digas eso.

Jadiya era una joven hermosa y alegre, de pelo ensortijado y grandes ojos de azabache; su sonrisa le llenaba de felicidad.

—Todos los ricos se vuelven caprichosos y desean tener muchas mujeres, lo cual va en contra de Mahoma, que dijo que no se podían tener más de cuatro.

—Yo seré diferente, solo te quiero a ti.

—Pronto se te olvidará lo que dejas aquí y te convertirás en una persona desagradecida.

—Seré el jugador de fútbol más importante de Marruecos y tú estarás orgullosa de mí. Jadiya, ¿vendrás conmigo?

—Ni me gusta el fútbol ni a las mujeres nos permiten ver los partidos.

—Que yo sepa no hay ninguna ley que lo prohíba.

—La de mi padre.

—¿Tu padre hace leyes?

—No seas tonto.

—Vas al campo con tu hermano mayor.

—Tampoco le gusta el fútbol.

—Pues vienes conmigo.

—¿Qué hace una mujer entre tantos hombres?

—Cuando llegue el momento, ya lo pensaremos. Ahora tengo que trabajar.

—¿En qué?

—Soy conductor de coches.

—¡Pero, Hamet, si no tienes carné!

—Conduzco coches parados.

—¿Adónde los conduces?

—Los dejo limpios y brillantes, como si acabaran de salir de la fábrica.

—¿Y no te molesta a la vista?

—Me he comprado unas gafas de sol.

—¿Ves algo con ellas?

—Todo.

—Definitivamente, Hamet, no andas bien de la cabeza.

9

Pronto, Hamet entendió que la venta de almendras saladas y el lavado de coches eran trabajos para chicos más jóvenes. En uno de los paseos que acostumbraba a dar por el puerto, tal vez esperando la oportunidad de embarcar, se detuvo ante un grupo de marroquíes que, afanosos, descargaban un camión. Un hombre que parecía el jefe le preguntó si quería trabajar en la descarga y Hamet contestó que sí. Alargó los brazos y se incorporó a la tarea que realizaban los demás.

Llegó a casa de sus tíos contentísimo con la suerte que se le aproximaba. Los euros que acababa de ganar le ayudarían a cumplir uno de sus deseos más inmediatos: comer unos pinchitos en un bar de la calle López Moreno. Cada vez que pasaba por esa calle, el olor le removía los jugos gástricos. ¿Por qué otros podían disfrutar de ese manjar y él no?

Había transcurrido un mes desde que cruzó la frontera. El primer viernes del segundo mes, como todos los viernes día de fiesta para los musulmanes, Hamet acudió a la mezquita para rezar, obligación de todos los hombres seguidores de Alá, y para oír la predicación semanal. Por la tarde invitó a su primo a comer unos pinchitos como señal de agradecimiento por todo lo que había hecho por él. Le habría gustado acompañar los pinchos de carne de ternera con una caña de cerveza, imitando a la mayoría de las personas que allí había, pero su religión le prohibía tomar alcohol y aunque estuviera lejos de casa debía ser respetuoso con las normas dictadas por el profeta Mahoma. Todo le supo tan gustoso que prometió repetir.

En Melilla el de Fez se encontraba como en casa, pues, además del cariño que hacia él sentían sus primos y tíos, podía seguir la llamada del almuecín que desde el alminar de la mezquita les convocaba a la oración. Hamet se colocaba en dirección a La Meca y realizaba las cuatro posturas principales al tiempo que recitaba la *chahada** y otras oraciones coránicas. Tanto en su casa como en la de sus tíos melillenses eran todos buenos practicantes y cumplían con los preceptos religiosos.

Hamet se detenía a menudo en los escaparates y se quedaba fijo como una estatua. En un comercio que hacía esquina entre la avenida y la calle Cándido Lobera, unas gafas de sol de montura negra reclamaban con insistencia su atención. Uno de los días en que había descargado en el puerto dos camiones junto con otros compañeros no pudo resistir la tentación y entró dispuesto a comprarlas. Salió con ellas puestas, contento y dichoso, pues cada vez se parecía más a los que paseaban por la avenida. «Estas gafas me darán seguridad —se dijo, satisfecho

* Profesión de fe que deben recitar todos los fieles y por la cual se pertenece a la comunidad musulmana: «Solo hay un Dios, que es Alá, y Mahoma es su profeta».

con la adquisición—, además de protegerme de los rayos solares».

Los primos cada vez estaban más unidos y compartían gustos y diversiones. Omar quiso celebrar su cumpleaños y le propuso a su primo ir a la discoteca El Jardín de Venus, a las afueras de Melilla.

—Te gustará —le había insistido Omar—, es un lugar muy concurrido los sábados por la noche, pues tiene aparcamiento vigilado, un enorme jardín donde se comen, entre otras cosas, unos pinchos exquisitos y, por supuesto, una moderna discoteca amplísima y con una iluminación especial emitida por rayos láser. Pinchan la mejor música que se oye en toda Melilla.

La entrada a la discoteca estaba flanqueada por dos descomunales muros humanos que parecían las columnas del Partenón. Uno de ellos, con cara de dogo, paralizó la intención de los primos extendiendo la mano derecha mientras escupía, cosa que los chicos supusieron que no haría por culpa de un mosquito:

—Vosotros no pasáis.

Viendo la cara de extrañeza de ambos, exclamó repetitivo:

—He dicho que vosotros no pasáis. ¡Largo de aquí! —señaló la calle, amenazante.

—¿Por qué? —preguntó Omar, arriesgándose en el mejor de los casos a recibir solo un empujón desdeñoso del monstruo de seguridad.

Este le respondió autoritario:

—Porque yo no quiero. ¿Necesitas más explicaciones?

—Venimos a divertirnos —se defendió Omar con su mejor cara, pretendiendo ablandar al mastodonte—. Otras veces he pasado y nunca me han tenido que llamar la atención.

Y era verdad. Sin embargo, jamás había coincidido su mirada con la del que en estos momentos estaba escupiendo palabras.

—Hoy no pasas, y tu amigo tampoco.

—¿Qué hemos hecho? —le retó Omar, sin atreverse a mirar de frente a los ojos encabritados de su valentón interlocutor.

—Nada. Quitaos de mi vista, que tengo otras cosas que hacer —vociferó.

El otro guarda de seguridad les miraba de reojo mientras con la mano derecha indicaba que pasaran a los que iban llegando.

—¿Tengo que enseñar el carné? —elevó el tono el joven melillense con manifiesto enfado.

—¡A mí el carné me importa tres pepinos!

—¡Avisa al jefe! —pidió Omar.

—Aquí el jefe soy yo y vosotros no pasáis. Está reservado el derecho de admisión y yo admito al que quiero. Además, no me gusta vuestro careto.

Ambos se alejaron apesadumbrados. Estuvieron un cuarto de hora callados, masticando el rechazo.

—¿Qué ha querido decir con «no me gusta vuestro careto»? —preguntó el de Fez.

—Muy sencillo: no nos deja entrar porque somos moros, como ellos nos llaman.

—Pero tú eres melillense y aquí en Melilla hay...

Omar no le dejó seguir:

—Todavía queda algún desgraciado como este, que se cree que el mundo está bajo sus pies.

—Deberíamos denunciarlo —propuso el de Marruecos, haciendo gala de su ingenuidad.

—Se reirían de nosotros, Hamet. No es la primera vez que pasa esto.

—Si no tuviéramos el pelo ensortijado y la tez morena, ¿tú crees que...?

—Entonces, el dinosaurio ese no se hubiera fijado en nosotros y ahora estaríamos dentro del local divirtiéndonos.

—¡Qué mala suerte hemos tenido! ¡Con las ganas que tenías tú de enseñarme la discoteca! Lo que más siento es que haya ocurrido en un día tan importante para ti, primo.

—No será la última vez que te sientas discriminado por ser marroquí —habló el nacido en Melilla.

—¡Pero tú eres español!

—De nacimiento. Y musulmán.

—Ya.

—Hay que saber encajarlo.

Hamet se envalentonó:

—Me dieron ganas de...

—Primo, no te amargues.

—¿A las chicas musulmanas las dejan entrar?

—Si te refieres a Sana, nunca la he visto por aquí. Supongo que a su padre no le hará mucha gracia que salga por la noche.

—¡Cuánto me gustaría verla!

—Mañana, si quieres, nos hacemos los encontradizos. Vamos a su barrio y...

Sana era una chica que a Hamet le hacía cosquillas en el estómago. Por la sonrisa que siempre le mostraba se podía deducir que a ella también le gustaba encontrarse con el de Fez.

A pesar de haber encajado con desencanto aquel golpe bajo, a Hamet nada le impedía seguir soñando con un futuro luminoso. Solo lo consideró como un oscuro paréntesis. Por mediación de su primo consiguió empezar a entrenar en el equipo del barrio del Carmen. El fútbol le llenaba la cabeza de hormigas voladoras. En un partidillo de entrenamiento acudió veloz a lanzar un saque de esquina, pero un jugador agarró el balón con la mano impidiéndoselo y, además, le increpó:

—¡Quítate del medio, moro! ¡No ves que lo voy a sacar yo!

El de Marruecos masticó en silencio las palabras del rechazo. «Algún día las palabras sonarán idénticas en todas las bocas», se dijo mientras abandonaba ofendido el terreno de juego.

El que le lanzó el insulto, el capitán del equipo, no le podía ver porque las habilidades futbolísticas de Hamet estaban muy por encima de las suyas. La envidia malsana propicia estas reacciones.

10

Con el pretexto de comprar unas ramas de hierbabuena, Omar y Hamet se acercaron una mañana al barrio de Sana, el de la Reina Regente, con población mayoritariamente musulmana. Las empinadas cuestas convertían el espacio en un lugar poco visitable. Al fondo se divisaba el monte Gurugú. Una vez dentro, Hamet comprobó la modestia de sus casas y la variedad de colores que le entraban por los ojos, evocándole su país de origen. Incontables musulmanes poblaban el barrio, que dirigían su mirada a la mezquita Aceituna, centro de religiosidad y unión para todos ellos.

Salía Sana de la panadería cuando se encontraron con ella:

—¡Qué alegría verte! —exclamó Hamet con un saludo que sonó a sorpresa deseada.

—Lo mismo digo —repuso ella.

Cruzaron sus miradas, y un silencio prolongó su tierno anhelo.

—¿Qué tal te va? —intervino Omar, deshaciendo el hechizo.

—Pues muy bien.

—Hace mucho que no te vemos.

—No tanto.

—Seis días —confirmó Hamet, poniendo de manifiesto su interés hacia ella.

—No puedo entretenerme mucho porque estoy haciendo la comida.

—Oye, Sana, mi primo quiere conocer Melilla la Vieja y he pensado que podrías acompañarnos —intervino Omar.

—Muy bien. ¿Cuándo?

—Esta tarde a las siete.

—Envíame un mensaje.

Hamet se arrepintió de no haberse decidido a comprar un móvil que más de una vez había concentrado su atención. Destacaba en un escaparate por sus tonos azulados y por una pantalla donde se podía reflejar él tenuemente a través del cristal de la tienda.

A las siete menos diez estaba Hamet esperando en la esquina de la avenida con la plaza de España. Sana llegó puntual. Hacía poco que se había lavado la cabeza y que se había perfumado. Este detalle no pasó desapercibido para el de Fez.

—Hola —saludó la chica.

—Hola, estás muy guapa.

—Gracias —se sonrojó—. ¿Dónde está Omar?

—Verás —se preparó Hamet para mentir—, iba a venir con nosotros, pero le han llamado por teléfono para que se presente en el trabajo... y por eso he venido yo solo. ¿Te parece mal?

—No, no.

Iniciaron el camino hacia el Pueblo Viejo. Hamet se sentía al lado de Sana el hombre más afortunado. Su perfume le atraía como un imán. Sana le contó que en el recinto amurallado que tenían delante, en la Muralla Real, se conservaba una batería de antiguos cañones. Originariamente había tres ciudadelas comunicadas por puentes levadizos, uno de los cuales es la puerta de Santiago, rematada por el escudo imperial de Carlos V.

Las calles tortuosas y estrechas proyectaban al paso de la pareja imágenes de misterio y emoción. Hamet hubiera deseado abrazar a Sana fingiendo protegerla. Sin embargo, optó por cogerle la mano y seguir recorriendo la ciudad vieja.

En la plaza de la Maestranza, la improvisada guía le explicó la utilidad de los dos aljibes que allí había, que servían para almacenar agua, filtrarla y poder beberla con todas las garantías.

Después, bajaron al puerto y con el mar de fondo Sana sacó unas fotos a Hamet con su móvil. Mientras contemplaban las imágenes, los dos jóvenes se miraron y a continuación dirigieron sus ardientes ojos hacia el mar, hacia la tierra soñada.

Hubo un largo silencio entre los dos, alterado por el pitido de un barco que se alejaba del puerto.

El joven aseguró:

—No tardando mucho, yo seré uno de los pasajeros de ese barco.

—Ojalá lo consigas —le animó Sana—. Sé que vives pensando en la península.

Entonces, Hamet se sinceró:

—Lo único que me entristece es que no podré verte.

Ella le abrazó. El de Fez enrojeció al sentir los senos de la chica contra su pecho. Pasados dos minutos, el muchacho rompió el dulce silencio:

—¿Regresamos al centro?

La tarde apuraba sus últimos instantes y las farolas empezaban a iluminar el inminente anochecer.

11

La alegría de Hamet fue inmensa el día en que Omar le dijo que había sacado dos entradas para presenciar el partido de la Copa del Rey entre el equipo de fútbol de Melilla y el Granada. El de Fez le agradeció a su primo tan generoso detalle y, aunque persistía en su cabeza la idea de pasar cuanto antes a la península y para ello estaba en contacto con otros jóvenes que anhelaban lo mismo, aparcó momentáneamente este sueño para disfrutar de lleno de otro que le perseguía: el fútbol. Esa noche no durmió una hora seguida. Lanzó más saques de esquina que el mejor extremo izquierdo del mundo.

Acudieron al estadio Álvarez Claro una hora antes de iniciarse el partido para no perderse detalle del ambiente ni de los preámbulos. Fuera de la televisión, Hamet nunca había visto un estadio de fútbol cubierto por entero de gradas y con una tribuna tapada. Omar y él se situaron cómodamente en las gradas de general, como correspondía a sus entradas, y esperaron el comienzo del encuentro. Hamet se puso las gafas de sol y se felicitó por haberlas comprado, pues el sol les daba de lleno.

Poco a poco fueron llegando los aficionados hasta completar el aforo. El partido se merecía una asistencia masiva y así lo entendieron los aficionados locales. El conjunto que ganara pasaría a la siguiente ronda. Para el Granada era una buena oportunidad de demostrar que militaba en una categoría superior, a la que había llegado por méritos propios. Para el Melilla Club de Fútbol era un orgullo poder competir con un equipo recién ascendido a Segunda División A.

Apenas saltaron al campo los jugadores para calentar y estirar los músculos, el numeroso público aficionado prorrumpió en voces de ánimo y aplaudió al equipo local.

—¿Qué te parece el ambiente, Hamet?

—¡Emocionante! ¡Nunca había visto nada parecido!

—Han colgado el cartel de no hay entradas.

Los aficionados del otro bando eran escasos, algo normal si se tiene en cuenta el coste económico que supone viajar de Granada a Melilla, aunque se haga en barco, que es más barato, para lo cual hay que desplazarse a Almería o mejor a Málaga y perder un día de trabajo. No obstante, a pesar de las dificultades sus gritos de ánimo se dejaron oír. Eran pocos, pero bulliciosos; se acompañaban con bocinas, trompetas de juguete y un enorme bombo.

El colorido de las banderas, los cánticos, el ambiente, todo le impresionó tanto a Hamet que pronto se identificó con el conjunto de casa como uno más de los seguidores melillenses. Recorrió con la mirada los rostros de su nuevo equipo y para su satisfacción seis tenían su mismo color moreno. No lo comentó con su primo, si bien ganas no le faltaron: la mitad más uno eran árabes o descendientes de árabes.

Cuando el colegiado pitó el inicio del partido, ambos conjuntos tomaron posiciones dentro del campo.

A Hamet la emoción de lo que estaba presenciando le hacía cosquillas en la barriga. «Igual que cuando estoy con Sana», pensó. No obstante, no se atrevió a hablar en alto con su primo.

Cada vez que tocaba la pelota el número 11, los aficionados le vitoreaban. Los locales se estaban haciendo dueños de la situación. Cuando mejor estaba jugando el Melilla, que se había convertido en el dueño del campo, un pase en profundidad de un defensa contrario permitió al delantero centro granadino ganar la partida al marcador y colar el esférico por la escuadra. Fue un jarro de agua fría. Los dos primos se miraron en silencio.

Los granadinos se las prometían muy felices. Mediada la primera parte, los locales se hicieron de nuevo con el control del centro del campo, jugando al primer toque y no dando ningún balón por perdido. El estadio Álvarez Claro se estaba convirtiendo en una olla a presión. Los espectadores se desgañitaban. A pesar del resultado adverso, el cerebro del equipo, espoleado por los aplausos de los aficionados, empezó a abrir el juego por las alas y en una de las jugadas el extremo izquierdo puso un balón de oro al delantero centro, que solo tuvo que empujarlo a puerta. El estadio se vino abajo y Hamet celebró el gol con el mismo alborozo que el resto de los espectadores melillenses.

Los dos conjuntos se fueron al descanso con las espadas en alto.

En el vestuario, el técnico del cuadro local arengó a los suyos y les insistió en que había que sacar el partido adelante, defendiendo los colores del club.

—Nos jugamos mucho en este envite —les dijo—. Se puede ganar, pero hay que sudar hasta la última gota. Nos sobra plantilla.

Al saltar los jugadores al terreno de juego, arreciaron los aplausos. Apenas se reanudó el encuentro, la formación melillense se hizo con el control del cuero. Adelantarse al contrario y pases cortos y al primer toque fueron la tónica general de la segunda parte. Aunque la pelota seguía en el tejado, el dominio de los hombres de la ciudad autónoma era palpable. Para reforzar el combinado, el técnico local sacó de refresco a un jugador del banquillo de los suplentes y sentó a un centrocampista ligeramente tocado.

En una de las jugadas de contraataque, a cinco minutos del final del choque, el defensa escoba granadino hizo una entrada de juzgado de guardia a un delantero. El director de la contienda señaló la falta y sacó tarjeta amarilla al infractor. El jugador que acababa de saltar al rectángulo de juego botó un golpe franco indirecto hacia el extremo derecho, quien pasó con habilidad el balón al delantero centro. Este lanzó un imponente trallazo y el cuero entró rozando el travesaño. Una jugada de libro. El cancerbero se tragó la bola. Los espectadores, puestos en pie, aplaudieron la jugada maestra y sacaron pañuelos blancos. Hamet y Omar se abrazaron dichosos. El marroquí no se creía que era testigo de la enorme expectación que había suscitado ese partido de la Copa del Rey. ¿Por qué no podía comenzar en ese momento a cumplirse el sueño de su vida? Empezaba por asistir a un encuentro y después, tal vez, llegaría la oportunidad de demostrar su valía. Sin duda, los primos estaban presenciando un partido de los que hacen afición.

El goleador, que tenía mucho fútbol en sus botas, gozó de otra buena ocasión, pero, por entretenerse, la defensa le robó el balón.

En los minutos de descuento, los granadinos pretendieron aprovechar los últimos cartuchos. Sin embargo, los de casa, dueños de la situación, perdían el tiempo deliberadamente y aguantaban la pelota. En realidad, a lo largo del encuentro, los de la ciudad de la Alhambra gozaron de pocas ocasiones de gol, si bien es cierto que cuando llegaban a meta lo hacían con peligro. El marcaje al hombre que había ensayado el entrenador había dado buenos resultados.

Una vez que el juez del choque dio el pitido final, los aficionados saltaron al rectángulo de juego para celebrar la victoria con los jugadores.

Este triunfo supuso un balón de oxígeno para el equipo de casa, que si bien en la Copa del Rey acababa de superar la eliminatoria, en la competición liguera dejaba mucho que desear, pues estaba colocado en los puestos de descenso.

Los primos también lo celebraron. A la salida del estadio se les veía radiantes.

—¡Qué partidazo! —exclamó Omar.

—El delantero centro es un fuera de serie —alabó Hamet.

—Todos han sudado la camiseta.

—¡Y la jugada del gol de la victoria...!

—¡Una jugada de tiralíneas!

—Omar —habló su primo con gravedad—, después de lo que he visto hoy tengo bien claro que debo pasar a la península si quiero ser un jugador importante. Aquí solo hay un club.

—Podías empezar por presentarte...

—No puedo perder más tiempo.

—Ya sabes que sin papeles es muy arriesgado.

—Lo tengo decidido.

—Si te cogen, te devolverán a Marruecos y allí... te tratarán...

—Para mí la estancia en Melilla ha finalizado. Lo que venía a aprender, ya lo he aprendido.

—Ya te ha dicho mi padre que en casa tienes cama y comida.

—Lo sé. Y os agradezco lo bien que me habéis acogido. Pero mi sueño es ser un gran futbolista y tengo que pelear por conseguirlo.

—No te olvides de que yo soy tu representante —concluyó el primo, dándole una palmada en el hombro.

12

Presentía el joven marroquí que en la península se sentiría solo con frecuencia. Por eso, para sentirse cerca de los suyos, entró en un comercio de la calle Ejército Español, dispuesto a infundirse ánimos.

—¿Qué deseas? —le preguntó un hombre alto, delgado, de pelo canoso, que se escondía detrás de unas enormes gafas. Vestía chaqueta azul marino y corbata, lo cual le hizo pensar a Hamet que quien se dirigía a él era el jefe. Su particular tez aceitunada le recordó a otro comerciante de la avenida, también hindú.

—Un teléfono móvil —contestó Hamet.

—¿Tienes idea de algún modelo?

—Hay uno en el escaparate que me gusta.

—¿Me lo señalas?

Y el muchacho señaló uno azul, con cámara VGA, que costaba ciento cincuenta euros. Días atrás, Hamet había convertido la cifra en dírhams y el precio había seguido pareciéndole caro, pero su primo le había advertido que en Melilla también se regateaba en la compra y por eso se había decidido a entrar. Con el móvil ya en la mano, el hombre, muy atento, le explicó su funcionamiento y, acto seguido, preguntó Hamet:

—¿En cuánto se me queda?

—En... ciento cuarenta y cinco.

—Es muy caro.

—Ten en cuenta que te llevas un móvil moderno, con muchas prestaciones. Lo acabo de recibir y se está vendiendo muy bien.

—De todos modos es caro.

—Todo va en función de lo que te llevas.

—Ya, pero...

—Yo te aseguro que no te arrepentirás.

—Es que...

Viendo la indecisión del comprador, el hombre preguntó:

—¿Cuánto estarías dispuesto a pagar por él?

—Ciento treinta y cinco.

—Es muy poco.

El dueño del comercio hizo ademán de recoger el aparato y Hamet se dirigió a la salida. Cuando iba a abrir la puerta, oyó una voz a su espalda:

—¡Eh! No quiero que te vayas así. Me das ciento cuarenta y no se hable más.

La indecisión seguía.

El hombre dijo la última palabra:

—Y te regalo una funda para el móvil.

Hamet depositó en el mostrador los ciento cuarenta euros. Los convirtió en dírhams y de nuevo le pareció mucho. Le costaba mucho ganarlos.

Salió a la calle satisfecho con la adquisición, aunque continuaba doliéndole el dinero gastado. De todos modos, además de estar comunicado, parecería más europeo y se notaría menos la diferencia con el resto de los habitantes.

Cuando llegó el momento de dar el paso definitivo y de atrapar el sueño con sus manos, se despidió de sus familiares y les agradeció todo el cariño que le habían concedido. Más tarde, acudió a rezar a la mezquita Aceituna para que todo le saliera bien y después fue a visitar a su amiga Sana. No quería abandonar Melilla sin antes despedirse de la chica que adoraba.

—Me marcho a la península —dijo a modo de saludo Hamet.

—¿Cuándo?

—Esta noche.

—O sea, dentro de poco.

—Según los cálculos de Alí, que viene conmigo —explicó el de Fez—, esta noche deben embarcar al menos quince camiones; nos esconderemos en uno de ellos. Lo tenemos todo dispuesto.

Sana fue sincera al hablar:

—Es todo tan precipitado...

—No puedo desaprovechar la ocasión.

—Siento que te marches.

—Y yo alejarme de ti.

—Te he cogido cariño.

—Yo a ti también.

Cruzaron las miradas y acercaron los cuerpos.

—Hamet...

Él puso un dedo en sus labios para que no siguiera hablando.

—Volveré con todos los papeles en regla y siendo un futbolista famoso.

—Cuando ganes mucho dinero, te olvidarás de mí —aseguró la chica con cierta tristeza.

La frase le sonó a repetida.

—¡Tonta!

Aproximaron los labios y estalló un beso.

Luego intercambiaron el número de sus móviles y dos besos de despedida.

Anochecía cuando Hamet se acercó al puerto. Allí le esperaba Alí, otro marroquí deseoso de pasar el charco y emprender una nueva vida. Con él había tratado y preparado la partida. Desde el principio se entendieron bien, pues su objetivo era el mismo: pisar tierra firme.

Amparados en la oscuridad de la noche, se fueron acercando a un camión y se escondieron en él, protegidos por la rueda de repuesto. Sus elásticos cuerpos parecían de plastilina al adaptarse al espacio circular del que disponían. El puerto estaba tranquilo, lo cual contribuía a la relajación de los vigilantes.

Una vez que embarcaron, todos los conductores aparcaron los camiones en el garaje del transbordador y fueron a la cafetería o a sus respectivos camarotes. El espacio quedó libre por unas horas, al menos así lo entendieron Alí y Hamet, que salieron de su escondite para estirar las piernas y desentumecer los huesos. Habían dado el primer paso y por ello se felicitaron. Faltaba el segundo: pisar tierra europea.

Después se escondieron en el remolque del camión por si regresaba algún operario del barco al garaje y les sorprendía. Mientras uno descansaba, el otro vigilaba sin bajar la guardia. Cualquier paso en falso hubiera echado abajo todos sus proyectos y aspiraciones de convertirse en hombres nuevos. La improvisada cama no era la de un hotel de cinco estrellas —ellos, por otra parte, no podían imaginarse tanta comodidad—, pero al menos les servía para estirarse bien y descansar. Pese a ello, a ambos polizones las horas del viaje se les hicieron eternas.

Nada más oír las primeras notas musicales por los altavoces y el posterior mensaje que anunciaba la próxima llegada al puerto de Málaga, los dos compañeros de viaje regresaron a su escondite. Desde allí oyeron hablar a los camioneros y a los que acudían a montarse en sus coches. Se puede decir que la travesía no fue tan dura como se podría haber imaginado; sin embargo, seis horas encerrados en un inmenso garaje les dio para pensar más de lo que ambos deseaban en ese día de máxima ansiedad.

Después de pasar la aduana con la normalidad de quien no oculta nada, el camión se detuvo y descendió el conductor. Los chicos supusieron que se habría ido a desayunar. Objetivo cumplido. Los dos marroquíes apretaron las manos y salieron de la hura a respirar el aire del progreso. Hamet encendió su móvil, se puso las gafas de sol y se vio más occidental que nunca. No quiso decir a su compañero Alí que tenía un mensaje de Sana:

SUERTE. TE LO MERECES. LO QUE UNO DESEA CON INSISTENCIA SIEMPRE SE CUMPLE. UN BESO MUY GRANDE.

Había llegado el momento de la despedida. Los dos muchachos entendieron que por separado corrían menos riesgos. En caso de que alguno de los dos fuera sorprendido por la policía, solo podrían detener a uno y el otro seguiría avanzando.

—Que Alá te proteja.

—A ti también.

—Nos volveremos a ver.

—Cargados de fortuna.

Y se abrazaron como dos hermanos.

Apenas se separaron, Hamet se aferró al móvil para no sentirse solo y leyó de nuevo el mensaje de Sana. Se hallaba en una inmensa ciudad que mira al mar con un larguísimo paseo marítimo hasta perderse en El Balneario. Se infundió ánimos pensando que la capital malacitana era una ciudad hospitalaria.

Cuando el de Fez dejó atrás el puerto, se encontró con la plaza de la Marina, donde el ir y venir de los coches le descompuso. Eran las ocho de la mañana y la gente acudía a su trabajo. Una vez que pisó la calle del Marqués de Larios, se sintió con fuerza para mirar a las personas y detenerse en los escaparates de los comercios. ¡Qué llamativos!

Se paró en la plaza de la Constitución. Contento con su suerte, quiso comunicárselo a su primo Omar:

TODO PERFECTO. MÁLAGA PARAÍSO. HA SALIDO EL SOL.

También se acordó de Sana:

TODO BIEN. TE LLEVO EN MI CORAZÓN. UN BESO.

Por primera vez desde que abandonó Fez, sintió que sus piernas tocaban el suelo al verse favorecido por su buena estrella: pisaba tierra firme. Iba ligero de ropa y de equipaje: camisa, pantalón vaquero y móvil. ¡Ah, y las gafas de sol!

Después caminó por la ciudad fijándose en todos los detalles, no solo para no perderse, sino para que su retina retuviera los edificios y calles de la que a partir de ese día sería su ciudad. Algo le quedaba de su último trabajo en Fez como guía. De la catedral se dirigió al teatro romano. Desde allí ya veía la alcazaba. La recorrió toda entera. Respiró el aire y el sabor árabe. Salió reconfortado. Vio la fachada del ayuntamiento y los bellos edificios que hay en el entorno. Se prometió que él viviría igual que las personas con las que se cruzaba en el camino. No sería menos que ellos, todo era cuestión de esperar.

Cuando se sentó en un banco del paseo del Parque, realmente estaba cansado y feliz por hallarse rodeado de árboles y plantas. De vez en cuando, la brisa del mar se le posaba en la nariz.

De nuevo regresó a la calle Larios. Era la una de la tarde. La profusión de tiendas, el ajetreo, la gente con bolsas le hicieron pensar que se encontraba en pleno centro comercial, detalle que más tarde pudo comprobar tanto en esa calle como en las colindantes. Vio a varios chicos y chicas colgados de auriculares. Se imaginaba la satisfacción que podría producir escuchar la música que uno quería. Por supuesto, las canciones preferidas del joven marroquí eran las actuales. La música tradicional de su país le devolvía la mirada hacia atrás y él solo tenía ojos para el futuro. No es que renunciara a lo suyo, pero sus miras estaban dirigidas siempre hacia adelante.

Atrás quedaban la chilaba, las babuchas y los turbantes que lucían sus familiares y vecinos; también las mujeres cubiertas con el velo. En la tierra que pisaba, en la que se veían rostros morenos y cabellos ensortijados, se vestía a la europea: ropa ligera y alegre, también trajes, corbatas y faldas. Le pareció que él igualmente estaba a punto de entrar en ese mundo actual que se abría a sus ojos, pues poseía dos preciadas cualidades de las que se sentía muy orgulloso: corría como las gacelas y tenía una zurda envidiable.

Málaga rebosaba de vida alegre y de una esmerada oferta de ocio. ¿Cuántos bares, tabernas y mesones hay desde la plaza de la Constitución a la catedral y las calles limítrofes? Si trazamos una circunferencia, veremos que son incontables, todos con pescadito frito, marisco y finas tapas. Pero de momento no estaban hechos para el estómago de Hamet ni para su frágil economía.

Con los pocos euros que llevaba en el bolsillo del pantalón se compró un bocadillo de tortilla. Ya lo había degustado con su primo en Melilla. Todos los países tienen ciertas comidas que hacen la delicia de los extranjeros, además de los del lugar. ¿Quién se atreve a despreciar un buen bocadillo de tortilla? Para pasar las migas acudió a una fuente pública de piedra artísticamente tallada y bebió con intensidad, igual que los camellos, para varios días.

13

Por la tarde de su primer día en Málaga caminó por el parque en dirección a la plaza de toros, teniendo como referencia a su derecha el mar para no perderse. Al llegar a la plaza del General Torrijos, en cuyo centro se erige altiva su fuente Genovesa, no supo por dónde pasar para dirigirse a su inmediato destino: el coso. ¡Era todo tan enorme, calles y avenidas, y los coches esperaban ansiosos su turno! En Fez había oído hablar a los turistas españoles de las corridas de toros y en Melilla su primo le había mostrado una plaza por fuera. Ahora tenía delante otro edificio donde se celebraba ese espectáculo taurino: una plaza redonda de bella arquitectura. Se acercó a una de las puertas y, como era de esperar, estaba cerrada. Tenía curiosidad por saber la disposición del interior más que por asistir a una corrida de toros.

Cambió de dirección. Uno de los muchos letreros que vio indicaba la ubicación de la playa de la Malagueta y allí se dirigió atravesando por la avenida de Cánovas del Castillo.

Se le ensancharon los pulmones cuando leyó: «Paseo Marítimo Ciudad de Melilla».

—¡Si casi estoy en casa, bueno, en casa de mi familia! —habló para sí.

Caminó a continuación por la playa. Muchas madres tomaban el sol mientras sus hijos se entretenían haciendo castillos de arena o jugando al balón.

En La Farola, en el barrio de La Malagueta, el único faro femenino en las costas españolas, tal vez llamado así por su graciosa silueta blanca y sus treinta y tres metros de altura, se detuvo un buen rato, como si de repente se le hubiera olvidado dónde estaba. ¿Qué pasó durante ese espacio de tiempo por su cabeza? Se le agolparon las personas e imágenes que había dejado detrás. Se vio condenado a estar en la playa, en la calle, en los parques, a deambular. Cuando parecía que la tristeza le iba a inundar, una imagen relacionada con su deseo ferviente de triunfar en la vida se superpuso a las demás: un balón acababa de caer a sus pies.

De regreso al parque, buscando la frescura de los árboles, se paró en la Fuente de los Cisnes. Un banco le esperaba, como si lo hubieran colocado allí minutos antes adivinando su paso.

Había transcurrido media hora cuando un perro se aproximó a él y le habló con la mirada. Lentamente, el animal se puso delante de él, le lamió y Hamet correspondió pasándole la mano por el lomo. El perro se lo agradeció en silencio.

—Poto —le llamó Hamet recordando a un perro que había tenido en su infancia—. Te pareces a Poto.

El can le devolvió la mirada. El perro no era un *boxer* ni un dóberman ni un *setter* ni un elegante dálmata ni un *husky* siberiano, ni siquiera un pequinés o un caniche, sino un lanas pequeño, de pelo blanco, ligeramente sucio. En sus ojos se adivinaba el reflejo del hambre. El muchacho tardó en reaccionar. Buscó en varias papeleras y en una halló el tesoro: un pequeño bocadillo de tortilla malgastado. Tal vez lo hubiera depositado allí un niño sin apetito. A Hamet se le revolvieron los jugos gástricos. No obstante, cedió a sus impulsos y se lo entregó al recién aparecido. Este lo engulló con celeridad. Después se lo agradeció acompañándole por el paseo del parque.

—Un vagabundo como yo —dijo en alto Hamet—, seguro que nos llevaremos bien.

Después se acercaron al puerto y desde el muelle Hamet despidió con la mirada a un barco que posiblemente se dirigía a Melilla.

Poto rebuscó entre papeles y basura y halló parte de un bocadillo de chorizo. Se comió el pan y apartó el chorizo.

—Este es de los nuestros —sonrió Hamet mientras le miraba con detenimiento.

Caminaron seguidamente en dirección a la playa de La Malagueta a buen ritmo. Allí otros perros jugueteaban al tiempo que sus amos charlaban o se distraían mirando las olas. Había perros de casi todas las razas: guardianes, rateros, de muestra, animales de lujo, pero ninguno como Poto. Él mismo se vio diferente y no se separó de su amo.

Una vez que todos desaparecieron de la playa, Hamet lavó a su perro en una ducha. Poto se sacudió las gotas que cubrían su pelo con la alegría propia de un chucho agradecido. El nacido en Fez se quitó la ropa y se lanzó al mar. Poto le imitó. El reflejo de la luna les envolvió en una felicidad compartida.

Después del baño regresaron al parque. Cuando el día amenazaba con despedirse, el muchacho buscó un lugar apropiado para protegerse. Había sido un día intenso y agradable. A la novedad de la ciudad había que añadir el encuentro con Poto. Como la temperatura era suave, esa noche se escondieron entre arbustos. De cama les sirvió la caja de cartón de un frigorífico. Por almohada Hamet puso sus sueños y para acompañarle estaba su amigo Poto, que además le advertiría si se acercaba alguien. Pronto, los cuerpos cansados fueron arropados por el sueño. El muchacho durmió a ratos, como las liebres, con un ojo abierto.

Al hacer su aparición los primeros rayos del sol, Poto se removió entre las piernas de su nuevo amigo. Hamet se despertó molido, como si le hubieran dado una somanta de palos. En sueños se vio peleando con unos cabezas rapadas que le habían asaltado. No acertaba a comprender lo que querían de él. «¡Pero si no tengo nada que os pueda interesar!», les repetía. Cuando por fin le confesaron sus intenciones, se abalanzó sobre ellos como un poseso. Al ser muchos, pudieron con él. Querían robarle su pierna izquierda, su pierna buena, para ganar dinero jugando al fútbol. La tocó con sus manos y la pierna seguía formando parte de su cuerpo. ¡Qué alivio!

El aire fresco de la mañana le golpeó el rostro. Miró a Poto y se sonrieron. A pesar de la inquietud del sueño, Hamet se sentía contento y, lo que consideraba más importante, acompañado.

Pasó el día jugando con el perro. Para estar en buena forma se fue con él hasta El Balneario, unos ratos corriendo y otros andando.

De regreso, el chucho se quedó atrás para poner su firma en un árbol.

El muchacho no pudo evitar que la realidad le visitara: estaba en Málaga sin papeles ni trabajo ni casa. Su ocupación principal era esperar a que alguien le ayudara. El perro intuyó que se acercaba la tristeza, le miró y le pidió con los ojos que fuera detrás de él.

Después de ver la estatua del marqués de Larios, se adentraron en su calle hasta llegar a la plaza de la Constitución. Hamet envidiaba a todos los que entraban en los comercios y salían con una bolsa. De vez en cuando, el muchacho miraba en alguna papelera en busca de alimento para el perro o para él mismo. Encontró un bocadillo de queso más duro que el suelo que pisaban. Conocedor de los beneficios del agua, se acercó a una fuente y convirtió lo inservible en el mejor manjar. A Poto no le desagradó su ración. Hamet devoró la comida y después acarició al animal. Inconscientemente metió la mano en los bolsillos, sacó una moneda y se dirigió a una panadería. El perro le siguió y le esperó a la puerta para compartir la ración.

Con la fatiga propia de quien anda y apenas come para mantenerse, el muchacho se sentó con el animal en un peldaño de las escaleras de la catedral, un magno edificio de tres naves de igual altura. Algunos turistas les miraban de reojo. La escena era tan armoniosa que parecía como si las dos figuras formaran parte del conjunto arquitectónico. Algunas cámaras fotográficas les enfocaron.

El muchacho se levantó y emprendió camino en dirección a la alcazaba. Después llamó a Poto para que le siguiese. Cuando llegaron a la puerta del recinto fortificado, el perro se subió a un muro. Ahora sí que con toda libertad un turista le sacó una fotografía, quitando protagonismo a Ibn Gabirol, poeta y filósofo hebreo español nacido en Málaga, más conocido como Avicebrón, cuya estatua también acababa de fotografiar.

—Te vas a hacer famoso antes que yo, Poto —dijo su acompañante y le acarició el lomo.

Parecía que el perro quería ir a jugar a la playa y así lo entendió su amo. Sin embargo, Poto se entretuvo olisqueando el rabo de una perra.

Hamet le gritó:

—Vamos, Poto, no te quedes atrás.

El joven le miró esperando una respuesta. Poto movió el rabo en señal de contento.

Hamet entró en una tienda a comprar una baguete. La barra de pan que había comprado no hacía mucho le supo a poco al muchacho, pues, además, se la había comido casi toda Poto. El animal se quedó fuera vigilando la puerta. A la salida, Hamet comenzó a engullir el bocadillo de tortilla de patatas. ¡Para chuparse los dedos! Se estaba aficionando a ese manjar tan singular de España. De pronto lanzó un trozo de pan al aire y Poto no lo dejó caer al suelo.

—¡Cada día eres más listo! —exclamó el amo—. ¡Ya sabía yo con quién me juntaba!

Paseando por la playa encontró una pelota de tenis. Se dirigió contento al perro:

—¡Poto, mira qué es esto!

Tal vez la hubiera perdido un jugador de tenis o el dueño de algún perro.

El muchacho lanzó la pelota y el can la cogió al vuelo. Hamet se detuvo y el perro le mordió el pantalón. De nuevo la lanzó y el animal persiguió sus rebotes por la arena y se la entregó feliz a su amo para que volviera a lanzársela de nuevo. Desde entonces aprendió que debía morderle el pantalón cuando quería que le llevara a la playa o a algún parque.

Más tarde, por el paseo del parque, al fondo, se pudieron divisar dos sombras, la de un hombre y la de un perro de lanas, que caminaban perfectamente acompasados. No sabemos si el hombre se había hecho al perro o al contrario, el caso es que se entendían bien.

Como si se hubieran puesto de acuerdo, se fueron a ocultar entre los arbustos de la noche anterior. Les esperaba la misma cama de cartón. Poto se acurrucó junto al cuerpo de Hamet. Este se quedó dormido con el animal entre las piernas. Al día siguiente, al despertarse, se estiró cuan largo era y se frotó la cara. Poto le imitó igual que el mejor actor. Después, el muchacho se levantó y el perro le siguió, igual que si hubieran firmado un acuerdo ratificando que ya no se separarían.

14

Todavía no eran las ocho de la mañana. Hamet y Poto caminaron por el paseo del parque, su vivienda familiar, y después el muchacho se acercó a un bar a tomar un café con leche bien caliente para entonar el cuerpo. Poto se quedó merodeando por la acera, olisqueando restos de comida del día anterior.

Cuando Hamet salió a la calle, un grupo de marroquíes le miraron. Se sintió observado y decidió dialogar con ellos. Las primeras frases fueron en árabe, hasta que uno dijo una frase en castellano y los demás le imitaron, aportando cada cual su esfuerzo para sentirse dueños de la palabra:

—¿Acabas de llegar? —preguntó el más alto del grupo con una sonrisa acogedora.

—Llevo dos días en Málaga.

—Entonces no tienes papeles.

—Pues no —contestó Hamet—. Me he dedicado a deambular por la ciudad. Antes de venir aquí, pasé un tiempo en Melilla en casa de unos familiares y luego decidí pisar tierra firme.

—Allí habrías estado mejor que en Málaga —habló uno en tono pesimista; arrastraba el desánimo en cada palabra—. Somos extranjeros sin papeles y, por tanto, sin derechos. Los jefes nos explotan miserablemente, se aprovechan de que estamos indefensos.

A continuación intervino uno que tenía una muñeca vendada:

—A los empresarios les interesamos porque no pagan por nosotros, no nos aseguran y ahorran más euros.

—Somos magrebíes y por ello no nos consideran igual que a otros —volvió a la carga el pesimista.

—No tardando mucho tendremos papeles —animó Hamet la conversación. Era el que menos tiempo llevaba en la ciudad andaluza y todavía desconocía el desaliento.

El más alto del grupo habló de nuevo:

—Hemos oído decir que se va a producir una nueva regulación de extranjeros y tenemos que estar preparados para ponernos a la cola.

—Lo que necesitamos —aseguró el pesimista— es un contrato de trabajo y que nos den de alta en la Seguridad Social.

—No les quedará más remedio que contratarnos legalmente, no nos van a expulsar a todos del país —opinó Hamet.

—¿Cómo has pasado? —le preguntó el cuarto del grupo, un vigoroso joven marroquí que llevaba el hambre en la mirada.

—Escondido en la rueda de repuesto de un camión —fue la respuesta de Hamet—. ¿Y vosotros?

—Todos en una patera. Si nos descuidamos unos días, ya no pasamos. La vigilancia de las costas españolas y la colaboración de las autoridades marroquíes impiden que lleguen pateras a las costas andaluzas.

—Los que nos facilitaron el viaje no nos dejaron ni un dírham en el bolsillo —aseguró el pesimista.

El más alto cambió de conversación:

—Lo importante es que estamos aquí —después, dirigiéndose a Hamet, le preguntó—: ¿De dónde eres?

—De Fez. ¿Y vosotros?

—Cada uno de un sitio —y fue señalando—: De Casablanca, de Meknes, de Quezzane y de Taza.

—Por allí he pasado yo.

—Tú también has echado mucho valor viniendo solo, con lo peligroso que es eso.

—La necesidad obliga, no era vida la que llevaba en mi ciudad —repuso Hamet—. Pero aquí, en España, no sé cómo debo actuar, dónde tengo que acudir para buscar trabajo...

—Nosotros te ayudaremos —le respondió el joven de Taza—. Se puede trabajar en la construcción, recogiendo chatarra, vigilando coches...

El de Fez sonrió agradecido, comprobando que los marroquíes saben portarse bien y ser hospitalarios con los de su misma piel.

—¡Querrás trabajar, claro!

—Por supuesto.

El que llevaba la voz cantante le explicó que estaban esperando una furgoneta que les llevaría a un almacén a descargar camiones de fruta.

Después añadió:

—Pagan bien, pero es muy duro porque hay que hacer el trabajo en muy poco tiempo. Para que no nos vean, cierran todas las puertas.

—Un día nos ahogamos allí —habló el que todos suponemos, el que no encontraba nada a su medida.

—No será para tanto —le contestó el cabeza del grupo sin dar importancia a sus palabras.

—¿Puedo ir con vosotros? —se adelantó el nacido en la ciudad imperial de Fez.

—No creo que el dueño diga nada.

Después, Hamet se interesó por dónde dormían y por sus nombres. También les preguntó si había mezquitas en la ciudad y dónde estaba el campo de fútbol. Le contestaron que el estadio se llamaba La Rosaleda, que lo gestionaba el Málaga Club de Fútbol y que estaba muy lejos, en el paseo de Martiricos. En cuanto a las mezquitas, la respuesta fue muy escueta: no había. Cada uno por separado cumplía con el rezo cinco veces al día según Dios le daba a entender.

Cuando consideró oportuno darse a conocer, Poto se acercó al grupo.

—¿Y ese perro? —preguntó el de la muñeca vendada mostrando un cariñoso interés.

—Es mío —respondió secamente Hamet, y el animal entendió que debía colocarse al lado de su amo.

—¿No lo habrás traído de Fez?

—No. Lo he encontrado aquí, pero sabe sherja.

Todos rieron la gracia. El perro movió la cola: unos pensaron que de contento, otros de agradecimiento y alguno de hambre.

Desde ese momento, Poto pasaría a ser uno más del grupo. Solo le faltaba opinar, pues hablar sí que hablaba, con la mirada.

Cuando llegó la furgoneta, el conductor miró de reojo a Hamet antes de decir:

—Yo solo esperaba a cuatro —y acto seguido se hizo el ocurrente—: ¿Ha parido la abuela?

—Es nuestro hermano —habló uno.

—Hay que trabajar duro, morito —le conminó el encargado sin perder la sonrisa.

—No me asusta el trabajo —se defendió el morito.

—¿Y el perro?

Poto movió el rabo, subió al vehículo y se colocó en una esquina.

Fueron unas horas de trabajo intenso, escondidos en una nave, igual que si hubiesen cometido algún crimen y la policía les pisara los talones. El encargado, un hombre sin escrúpulos, aprovechando que ninguno de los cinco tenía papeles, los explotaba vilmente y no les dejaba ni respirar. Nunca había tenido mano de obra más barata ni había almacenado tantos euros. Cuando hacía balance al final del mes, un hormiguillo de satisfacción le recorría todo el cuerpo, igual que a los grandes triunfadores. En más de una ocasión le habían solicitado por caridad que les firmara un contrato de trabajo, al menos a alguno de ellos. Sin embargo, él les respondía que corrían malos tiempos. También les había llevado a recoger hortalizas a un enorme invernadero, apartado de la ciudad, siempre ocultos. No les permitía que hablaran para no levantar sospechas.

A pesar del duro esfuerzo, Hamet se sentía contento entre sus nuevos paisanos y amigos. Le habían acogido desinteresadamente, le habían aconsejado en lo que ellos sabían, le habían ayudado a encontrar trabajo y, lo más importante, le habían ofrecido una habitación para él y para su perro. Aunque el cobijo fuera el cuarto de una casa abandonada que a duras penas mantenía en pie paredes y techo, les estaría siempre agradecido, ya que se había acabado el dormir al raso en el parque. Se turnaban para no ser sorprendidos por la policía. En su primera noche, al recién incorporado al grupo le libraron de la guardia.

La casa, un refugio oscuro, a unos veinte minutos de la alcazaba, estaba medio derruida. Por colchón tenía Hamet uno viejo que habían encontrado en un contenedor de escombros. No había luz ni agua. Se lavaban en una fuente cercana y al caer la tarde se bañaban en el mar. Si lo hubiera visto su madre, habría dicho: «Hamet, ¿ese es el progreso del que me hablabas? Aquí al menos tienes casa, comida y una familia que te quiere».

Su amigo Poto pasó con él aquella primera noche en su nueva casa y se puede decir que ya no le abandonó. Perro y amo se entendían a las mil maravillas sin necesidad de grandes palabras, con un simple ladrido era suficiente. Hamet pensó que había tenido mucha suerte al encontrarse con un perro abandonado y con falta de cariño. Poto, adivinándole el pensamiento, le lamió y el muchacho le dio el último trozo de pan que le quedaba. El animal se acurrucó junto a él y el sueño vino a hacerles compañía. Mientras tanto, la noche ya se había extendido por aquella ciudad mediterránea y un leve frescor procedente del mar, que se había colado en la habitación sin cristales, invitaba a arroparse. El perro también lo sintió y se hizo un ovillo entre las piernas de Hamet. Al menos dormían a cubierto.

Cuando Hamet despertó, sus nuevos amigos ya estaban dispuestos a abandonar la casa. Se desperezó, movimiento que imitó el perro, y salió el último de la vivienda. Acababa de amanecer. Algunos coches cruzaban sus destinos por la gran ciudad. En un bar que había en el puerto, al que el grupo era asiduo, entonaron los cuerpos con un vaso de café con leche muy caliente y media tostada cada uno. La economía no se podía estirar más. Cada amigo pagó su desayuno contando dos veces las monedas. El resto del tiempo hasta la llegada de la furgoneta lo dedicaron a esperar, que era uno de sus pasatiempos más repetidos: esperar a encontrar trabajo, a que se hiciera de noche para esconderse, a conseguir los papeles y, ahora, al encargado.

15

Llevaba Hamet tres semanas en Málaga, se puede decir que viviendo como un inmigrante privilegiado. Tenía amigos, casa, trabajo, comida y un perro, si bien casi todo en condiciones precarias. Los días que no trabajaba se acercaba al estadio de fútbol de La Rosaleda con su amigo Poto. «¡Qué grande! —exclamaba para sí—. Este campo lleno de aficionados aplaudiendo a rabiar tiene que ser emocionante. ¡Treinta y ocho mil voces fundidas en un solo grito! ¡Pronto seré protagonista de ese espectáculo! —se infundió ánimos—. ¡Estoy orgulloso de haber llegado hasta aquí!».

Vio muchos entrenamientos y vibraba cada vez que se sentía correr por la banda izquierda. «¡Si pudiera saltar al campo, demostraría que sé jugar mejor que nadie! ¡Corro como una gacela!». En este sueño estaba cuando sonó su móvil. Era su primo Omar.

—¿Dónde te escondes? —le reprochó cariñosamente el de Melilla—. Siempre tienes el móvil apagado o fuera de cobertura.

—Cuando estoy trabajando lo apago, no le gusta al jefe que nos distraigamos. Y también por las noches; duermo como un tronco y no lo oiría.

—¿Tanto trabajas?

—No, pero...

—¿Y ahora dónde estás?

—En el campo de fútbol de La Rosaleda.

—¡No me digas que estás viendo un entrenamiento del Málaga!

—Estoy jugando al fútbol —habló Hamet sin mucho convencimiento.

—¡Ya estás jugando en el Málaga! ¿Por qué no me lo has dicho antes?

—Bueno, jugando exactamente no, voy a hacer una prueba —mintió descaradamente, aferrándose más a su deseo que a la realidad.

—¿Te van a coger?

—Eso todavía no se sabe, es pronto para asegurarlo. Aquí hay muchos esperando una oportunidad, y algunos de categoría.

—Tú me dijiste que eras muy bueno.

—Y lo soy.

—Ya me veo viajando a Málaga para fijar mi residencia allí.

—No corras tanto.

—Quedamos en que yo sería tu representante.

—Y lo mantengo.

—¿Cómo andas de lo demás?

—¿A qué te refieres?

—Pues no sé...

—Si te refieres al trabajo, tengo uno bien pagado en un almacén de fruta, que para empezar no está nada mal. El jefe me ha prometido que me hará un contrato laboral y que me dará de alta en la Seguridad Social.

—¡Cuánto me alegro, primo!

—O sea, que dentro de cuatro días ya soy legal.

—¡Sabía yo que lo conseguirías!

—Vivo con otros marroquíes en un piso muy cómodo, nos llevamos muy bien. Ellos ya tienen papeles y me están ayudando mucho.

—¡Qué alegría me das, Hamet!

—Me he comprado ropa... Soy otro distinto. El riesgo ha merecido la pena. Ahora solo me falta que me fiche el Málaga.

—Has logrado lo más costoso. Ya te veo vestido de jugador. Cuando sepas algo, me llamas, no te lo guardes para ti solo.

—Bueno.

—¡Qué feliz debes estar!

—¿Cómo anda todo por ahí?

—Bien, todo bien.

—Da muchos recuerdos a mis tíos y a la prima Yonaida. Si ves a Sana, se lo cuentas todo.

—Las buenas noticias hay que festejarlas.

—Lo haremos. Un abrazo, primo.

—Un abrazo.

No le contó nada del perro, no fuera a sospechar que era otro vagabundo como él.

Se encontró con fuerzas y, sin abandonar la capacidad de invención que había desarrollado con su primo, ese mismo día decidió que era el momento de escribir una carta a sus padres.

Cogió papel y bolígrafo y tergiversó la realidad:

Queridos padres y hermanos:

Espero que al recibir esta carta todos os encontréis bien. Yo cada vez estoy más contento de haber tomado la decisión de venir a España.

Después de vivir un tiempo con los familiares de Melilla, crucé el mar en barco hasta llegar a Málaga, que es desde donde os escribo. Málaga es una gran ciudad, que acoge con mucha hospitalidad a los extranjeros, prueba de ello es que estoy encantado de haber venido. Tengo un buen trabajo, me pagan bien y pronto os podré enviar parte de mis ahorros. Aquí he hecho buenos amigos marroquíes, con los que vivo en un piso cómodo al que no le falta detalle.

Me he comprado ropa, unas gafas de sol y un teléfono móvil. Parezco un europeo más.

Se me olvidaba deciros que voy a hacer una prueba para que me fiche el equipo de fútbol de Málaga. Voy a ganar mucho dinero.

Un abrazo para todos de vuestro hijo y hermano.

HAMET

Le tembló la mano repetidamente antes de poner la firma, tanta mentira no podía caber en tan pocas letras. El de Fez no estaba dispuesto a rumiar su fracaso y mucho menos a que los demás se enteraran de la miseria en la que se hallaba. «La sinceridad es una virtud que hay que practicar cuando uno puede», se dijo y fue a correos a echar la carta.

16

La diosa Fortuna se alió con Hamet y su presentimiento se transformó en realidad. Un día, apenas Poto y él llegaron al estadio, vieron en la puerta central un gran cartel que anunciaba que a las 11 horas empezarían las pruebas con intención de fichar jugadores para el equipo filial del Málaga, el Málaga B. El de Fez se vio vestido con el uniforme de gala: camiseta blanquiazul, pantalón azul y medias azules. Una inmensa satisfacción le alegró el cuerpo. Consciente de la importancia de la convocatoria, Poto le mordió el pantalón; ahora le tocaba jugar a él.

Para Hamet, el fútbol era el lazo de unión con el presente y el eje sobre el que giraban muchas de sus ilusiones.

Allí se presentó el joven marroquí, en el campo de entrenamiento, cerca del campo central, donde jugaban los mayores. ¿Cuántos tenían los mismos anhelos que el marroquí? No se sabe. Todos los aspirantes a hacerse un hueco en el equipo pretendían ser los primeros en saltar al campo. A Hamet le empujaban insistentemente, tuvo que soportar más de un codazo y hasta oyó la palabra «¡Cerdo!», pero no quiso darse por aludido. El momento era lo suficientemente importante como para no reparar en detalles intrascendentes. Se trataba de que cada uno demostrara su valía y sus dotes de jugador.

El nerviosismo se fue apoderando de él a medida que pasaba el tiempo y no le sacaban al rectángulo de juego.

Con un áspero nudo en la garganta se dirigió al que suponía que era la mano derecha del técnico. No pareció que le cayera mal.

El ayudante le habló al entrenador:

—Saca a ese, que parece que tiene buena pinta. Es puro nervio, de los que me gustan a mí.

—¿A quién te refieres? —preguntó el entrenador de mala gana.

—A ese —y señaló a Hamet con el dedo.

A unos metros, Hamet estaba oyendo la conversación con toda claridad, sin inmutarse, igual que si fuera un poste de la portería.

—¡Ese es moro! —exclamó el técnico en tono desdeñoso.

—Tiene cuerpo de atleta.

—No te vendría mal ir al oculista.

El ayudante se defendió:

—Es puro nervio.

—¡Bah! —escupió el entrenador, mirando con desprecio al muchacho de tez morena y pelo ensortijado.

Hamet no quiso contestar y aguantó la mirada discriminatoria del entrenador.

—Se parece a... —empezó el ayudante.

El técnico no le dejó seguir y protestó:

—¿Cuántos jugadores moros hay que sean famosos? —contestó él mismo—: Ninguno. Si fuera camerunés, croata... Y no te digo nada si fuera argentino o brasileño. ¡Los moros solo saben tomar el té!

El aludido se apartó. Comprendió que la tierra con la que él soñaba no le regalaba la posibilidad de ser un gran jugador, pero tenía que pelear con todas sus fuerzas, hasta la extenuación, para conseguirlo. A pesar de las dificultades y humillaciones de las que era objeto, su pasión por el fútbol no disminuía. Antes bien, se acrecentaba su deseo de alcanzar la fama.

—Jefe, este es puro nervio, se lo digo yo, no hay nada más que verle. A este morito le das un balón y... —hizo un gesto de rematar a gol.

—Bueno, bueno. Por una vez cederé, comunícale que le espero mañana.

Regresó a su encuentro el ayudante con tono animoso y le habló:

—Dice el entrenador que vengas mañana a hacer la prueba, que hoy no hay tiempo para todos.

—¿A qué hora?

—A la misma de hoy —el hombre le miró a los pies y preguntó—: ¿No tienes botas?

—No, solo playeras.

—¿Qué número gastas?

—El cuarenta y dos.

—Mañana te daré unas botas, una camiseta y un pantalón.

—Muchas gracias.

—No me defraudes, que me juego la confianza del entrenador.

—¿Cómo dice?

—Que mañana tienes que sudar la camiseta hasta la última gota.

—No le defraudaré.

En esos momentos era el actor de una oportunidad que la vida le había puesto en las manos. Hamet solo tenía que hacerla suya.

A la salida del estadio le estaba esperando el perro. Le hizo una caricia y los dos sonrieron.

Quienes más se alegraron fueron sus nuevos amigos y Sana, a juzgar por el mensaje que le envió apenas se enteró de la noticia:

TIENES EL ÉXITO A TU ALCANCE. BESOS. ME GUSTARÍA ESTAR A TU LADO.

Y lo mismo su primo Omar:

¡CAMPEÓN! TE LO MERECES. SOY TU REPRESENTANTE. ERES EL MEJOR.

Esa noche no le tocó hacer turnos de vigilancia. Sus amigos entendieron que debía descansar y por eso le dejaron dormir a pierna suelta. El perro se acurrucó en el cuerpo de Hamet y mutuamente se dieron calor. El chico soñó que llegaba a Fez cargado de regalos, apenas le cabían en el coche, un vehículo último modelo que suscitaba la envidia de todos cuantos le veían. No podía imaginarse la felicidad que sentía al encontrarse de nuevo en su ciudad natal, de donde había partido unos meses atrás, siendo todavía un joven soñador. Ahora, a pesar del corto tiempo transcurrido, se podía considerar un adulto por la intensidad y emoción con que había vivido esos meses tan activos. Toda la ciudad le conmovía: la medina, sus gentes, el palacio real, el barrio de los curtidores, la plaza Neyyarin, las puertas de la muralla y la chica de sus sueños. Se acercó a la mezquita de Qaraouiyine a rezar y a dar gracias por la suerte que había tenido. En sus rezos, siempre agradecido, no pedía que le ayudaran a ser un futbolista de élite, eso tenía que ganárselo a pulso. Rogaba por su familia y por la fortuna de estar vivo. Después de pisar, ver y oler los aromas de la ciudad, un balón que adquirió la forma de una avioneta le trasladó hasta Melilla, la resplandeciente y acogedora ciudad norteafricana. Fue a casa de Sana. En sus manos llevaba un regalo tan grande que no podía entrar por la puerta.

—¡Hamet! —le recibió, alborotada, la chica—. ¡Has vuelto!

—Ya te dije que regresaría para casarme contigo, rico y famoso.

—¿Eso me dijiste?

—¡Pero ya no te acuerdas!

—Estás más alto.

—No, estoy más fuerte.

—Y más guapo.

—Y tú eres la más hermosa de las mujeres.

17

De madrugada, el perro se movió un poco indicando al amo que era la hora. Hamet abrió un ojo y observó que la luz del día se colaba por las ventanas del viejo edificio. Se estiró dos veces y se incorporó.

Ese día, 10 de agosto, hacía un calor pegajoso que, mezclado con la humedad, aumentaba la temperatura del ambiente. No se movía ni una hoja. Tal vez no fuera el día ideal para que Hamet demostrara sus habilidades futbolísticas. Sin embargo, había que sobreponerse y el de Fez así lo entendió cuando pisó la calle. El calor era el mismo para todos los que tenían que pasar la prueba. El esfuerzo y el sufrimiento había que demostrarlos.

No eran las ocho de la mañana cuando Hamet, después de lavarse con detenimiento, inició la primera plegaria del día. Realizó las cuatro posturas lentamente y oró. Después dio gracias por el día tan prometedor que se le avecinaba.

Poto y él compartieron el desayuno y se dirigieron al estadio de La Rosaleda. En esta ocasión, el número de aspirantes para ocupar los puestos vacantes en el equipo no superaba los veinticinco. Nada tenía que ver aquello con el hormiguero del día anterior. Sin embargo, se palpaba la intranquilidad y el nerviosismo. Este detalle le hizo a Hamet crecerse. El joven candidato echó una ojeada y casi todas las caras le resultaron conocidas.

El entrenador organizó dos equipos y empezó el partidillo de prueba. De momento, el marroquí chupaba banquillo, aunque solo con verse vestido de auténtico futbolista con botas, pantalón y camiseta del Málaga —de rayas verticales blanquiazules— ya le era suficiente. El director de la prueba iba cambiando jugadores y apuntando datos en su libretita azul.

De repente se dirigió al ayudante con estas exigentes palabras:

—Dile al moro ese que se prepare para saltar al campo.

—Se llama Hamet —respondió el interpelado.

—Pues dile al Mohamed ese que caliente, que dentro de cinco minutos le voy a sacar para ver lo que sabe hacer con las piernas.

El aspirante oyó el comentario desdeñoso y rumió la victoria en silencio.

Por fin llegaron los minutos de gloria. Hamet saltó al campo y se situó de extremo izquierdo siguiendo la indicación del ayudante. El primer pase que le dieron, un balón muy adelantado, no pudo llegar a él y se perdió por la banda. Mordió el césped con sigilo. Minutos después robó un balón en el centro del campo y se internó por su lado, centró al área de castigo y el delantero centro remató al palo.

—¡Jefe, vaya jugada la del morito! —exclamó el ayudante, satisfecho con su apuesta.

—Las he visto mucho mejores —no quiso ceder el entrenador.

El aspirante moreno se había metido en la prueba. Golpeó con todas sus fuerzas una falta que le hicieron y el portero, *in extremis,* respondió con una soberbia estirada despejando el balón a córner por el lado derecho.

Fue visto y no visto. Hamet corrió como un obús a recoger el balón con intención de lanzar el saque de esquina.

El entrenador gritó fuera de sí:

—¡Pero dónde va ese!

—¡Déjelo, jefe! —solicitó el ayudante—. El morito sabe muy bien lo que hace.

Hamet cogió carrera y, descargando toda su habilidad en la pierna buena, lanzó el balón en parábola y fue directo a la escuadra, donde quitó las telarañas. «¡Gol! ¡Gol!», se desgañitó Hamet con las manos en alto. Los compañeros corrieron hacia él para abrazarle. En esos momentos, nadie pensó que era marroquí, sino un jugador que acababa de marcar un gol de antología.

El entrenador rectificó finalmente:

—¡Ese chaval tiene una zurda de oro!

—¡Qué le dije, jefe! —prorrumpió el ayudante, considerándose el descubridor del muchacho marroquí.

Después, se acercó al jugador y, dándole una palmada en la espalda, le animó:

—Chaval, esto va sobre ruedas.

—Gracias por confiar en mí.

—Has sabido responder.

Una vez finalizado el encuentro, la joven promesa, empapada de sudor y emoción, se dirigió a los vestuarios para ducharse.

Acto seguido, el ayudante, que había presenciado la prueba con verdadera pasión, acudió a los vestuarios a felicitarle:

—¡Chaval, corres muy bien por la banda!
—Gracias.
—Tienes una zurda de oro...
—Gracias —se precipitó Hamet.
—... y has marcado un gol de cine.
—Gracias —ya no cabía el de Fez en su cuerpo.
—¿Te gustaría jugar en nuestro equipo?
—Es el sueño de mi vida —respondió el goleador con decisión.
—Pues ya ves que los sueños se pueden hacer realidad.
La satisfacción casi le impedía hablar:
—Abandoné Fez... y a mi familia... solo pensando en este momento.
—Ah, Fez..., pues debes tener fe, muchacho, llegarás muy alto. A las cinco te pasas por las oficinas del club para firmar el contrato, allí te recibirá el presidente —luego le hizo un guiño de complicidad—: He convencido al entrenador.
A Hamet se le hizo un nudo en la garganta y esta vez no pudo dar las gracias.
A continuación comunicó a Sana la inmensa felicidad que le corría por el cuerpo:

> SOY EL HOMBRE MÁS DICHOSO, TAMBIÉN ESPERO SERLO A TU LADO. ME HAN FICHADO. AHORA SOLO DESEO ABRAZARTE.

Y también a su primo Omar:

> ME HAN FICHADO. SOY EL MEJOR. UN ABRAZO.

Hamet acababa de encontrar un club de fútbol para desarrollar sus habilidades. El perro, que le esperaba intranquilo a la puerta del estadio, comprendió la importancia del momento y corrió a felicitarle y a compartir su alegría desbordada agarrándole del pantalón. Después le ladró de puro contento, movió el rabo y le miró con ojos de ensueño. Hamet le pasó la mano por la cabeza. Al verse Poto acariciado, saltó alrededor del jugador, gruñendo con tanta expresión que sus gruñidos parecían palabras. Más de una vez el amo había advertido que el can, al ladrar, hablaba.

Índice

GERMÁN DÍEZ BARRIO

Germán Díez Barrio, palentino afincado en Valladolid, es licenciado en Filología Románica e imparte clases de Lengua y Literatura en el instituto vallisoletano Galileo. Es coautor del Proyecto Silos de Lengua y Literatura para la ESO (Anaya). *Saque de esquina* hace el número 40 de sus libros publicados. Los demás se reparten entre narrativa, teatro, lenguaje popular y adaptaciones de textos clásicos para jóvenes. Varios de sus libros de narrativa infantil y juvenil han obtenido gran éxito, entre ellos *El burro Pernales, No te engañes* y *Un verano faxcinante.* Díez Barrio ha trabajado como guionista en Radio Nacional de España varios años.

CARTA AL AUTOR

Los lectores que deseen ponerse en contacto con el autor para comentar con él cualquier aspecto de este libro pueden hacerlo escribiendo a la siguiente dirección:

Colección ESPACIO ABIERTO
Grupo Anaya, S.A.
Juan Ignacio Luca de Tena, 15. 28027 Madrid